novum **pocket**

AF197070

Sylvie Zander

Hier wohnst du

Kurzkrimis

novum pocket

Bibliografische Information
der Deutschen Nationalbibliothek:

Die Deutsche Nationalbibliothek
verzeichnet diese Publikation in der
Deutschen Nationalbibliografie.
Detaillierte bibliografische Daten
sind im Internet über
http://www.d-nb.de abrufbar.

© 2021 novum Verlag

ISBN 978-3-99010-924-3
Lektorat: Luisa Bott
Umschlagfoto:
Pop Nukoonrat | Dreamstime.com
Umschlaggestaltung, Layout &
Satz: novum Verlag

Gedruckt in der Europäischen Union
auf umweltfreundlichem, chlor- und
säurefrei gebleichtem Papier.

www.novumverlag.com

HIER WOHNST DU

Kathi wohnte mit ihrer Tochter in einem kleinen Häuschen am Stadtrand. Sie war Mitte 30, ihre Tochter vier Jahre alt.

Das Häuschen war alt und klein, aber sie liebte es, dort zu wohnen, es genügte für sie beide, und sie war froh nicht in einem Wohnblock zu hausen. Sie hatte das Häuschen während ihrer Schwangerschaft gefunden, war gleich eingezogen und fühlte sich von Anfang an wohl darin. Unten waren eine kleine Küche, ein Wohnzimmer und das WC. Oben waren zwei Schlafzimmer und das Bad direkt unterm Dach. Sie liebte diese Dachschrägen, das machte alles so gemütlich. Im Keller befanden sich ein Lagerraum und eine Waschküche. Von der Küche aus kam man in den kleinen Garten mit einem schönen alten Apfelbaum. Sie hatte ein Gemüsehochbeet angelegt und um die Wiese viele Blumen und Kräuter gepflanzt. Am Apfelbaum baumelte eine Schaukel und darunter war ein Sandkasten.

Die Nachbarhäuser waren alle ähnlich gestaltet, man verhielt sich freundlich, blieb aber auf Distanz. Rechts wohnte ein älteres Ehepaar, links eine alleinstehende Frau.

Kathi lebte in Miete und hoffte, lange dort bleiben zu können. Sie hatte es nicht weit in den angrenzenden Wald einerseits und andererseits nicht weit zu einem Badeteich, wo sie zu allen Jahreszeiten gerne verweilte.

Seit zwei Jahren arbeitete sie wieder in ihrem alten Bürojob, allerdings nur halbtags. Ihre Tochter Ronja besuchte am Vormittag einen Kindergarten. So konnten sie viel Zeit miteinander verbringen, das war ihr wichtig.

Sie war von Anfang an Alleinerzieherin, der Vater des Kindes hatte sich noch während der Schwangerschaft abgekoppelt. War in eine weit entfernte Stadt gezogen und zeigte keinerlei Interesse an Ronja. Immerhin kamen die Alimente regelmäßig, dies hatte sie sich über die Behörden gegen seinen Willen erkämpft.

Sie hatte es sich einfacher vorgestellt mit einem Kind. Das Hineinwachsen in die Mutterrolle empfand sie als äußerst anstrengend, obwohl sie Ronja über alles liebte.

Aber sie hatte durchgehalten, die Verantwortung alleine übernommen, und seit Ronja im Kindergarten war, war vieles leichter geworden.

Die Arbeit im Büro tat ihr gut, so kam sie ein bisschen raus, und es sicherte ihren Lebensunterhalt. Mit Alimenten und Kinderbeihilfe kam sie gut durch. Ein Auto besaß sie bewusst keines. Sie fuhr mit dem Bus zur Arbeit, der Kindergarten war gleich um die Ecke in einer Nebenstraße.

Sozialkontakte hatte sie nicht viele. Manchmal traf sie die Mütter der anderen Kindergartenkinder und sie hatte eine Freundin in der Stadt, die sie regelmäßig besuchte. Ihre Eltern kamen jeden zweiten Sonntag im Monat zu Besuch. Oft fuhr sie mit Ronja zu ihnen. Sie wohnten in einer Stadt etwa eine halbe Stunde entfernt. Geschwister hatte sie keine.

Männer gab's, bis auf eine flüchtige Beziehung vor zwei Jahren, im Moment keine in ihrem Leben. Aber sie fühlte sich glücklich so, wie es war.

Eines Tages, sie schaute beim Nachhausekommen immer in den Briefkasten, fiel ihr eine Ansichtskarte auf. Abgebildet war eine Karte ihres Heimatstaates, die Adresse war computergetippt und aufgeklebt und der Text war in einer verschnörkelten Kalligrafieschrift geschrieben. Da stand: „Hier wohnst du." „Sicher wieder irgendeine Werbeaktion", dachte sie sich, fand aber keinen Absender oder Ähnliches. Der Poststempel war aus der Bundeshauptstadt. Kopfschüttelnd warf sie die Karte schließlich in den Papiermüll. Sie würde bei Gelegenheit mal die Nachbarn fragen, ob sie ebenfalls so eine Werbekarte bekommen hätten.

Dies vergaß sie im Alltagstrott der nächsten Tage. Ronja war kränklich, und sie war mit Hausputz beschäftigt, weil die Eltern am Wochenende kommen würden und ihre Mutter sehr viel Wert auf Sauberkeit legte.

So plätscherte eine weitere Woche dahin, die Karte hatte sie längst vergessen.

Bis zu dem Tag, an dem wieder so eine Karte bei der Post war. Diesmal war eine Karte ihres Heimatlandes abgebildet. Die Adresse und die Schrift waren dieselben wie beim letzten Mal. Wieder stand da nur: „Hier wohnst du." Abgestempelt war die Karte in einer anderen Großstadt.

Irgendwie empfand sie ein nervöses Kribbeln beim Lesen dieser Zeile. Sie konnte sich keinen Reim darauf machen, was dies sollte. Sofort durchforstete sie das Altpapier und fand die alte Karte. Sie schnappte sich Ronja und machte sich umgehend auf den Weg zu ihren Nachbarn. Weder das ältere Ehepaar noch die alleinstehende Frau hatten solche Karten erhalten. Auch sie fanden das komisch und die Frau schürte noch ihre Angst, indem sie sagte, sie würde das irgendwie bedrohlich finden. Unruhe machte sich in ihr breit. Angst lag im Raum. „Was sollte das?", fragte sie sich immer wieder.

Der Alltag lenkte sie zwar auch jetzt immer wieder ab, aber das blöde Gefühl beim Öffnen des Postkastens erinnerte sie jedes Mal wieder daran. Die Zeit verging und nichts passierte. Nach einem Monat war sie wieder ruhiger und hoffte nach wie vor, dass es irgendeine Werbeaktion oder ein blöder Scherz war.

Sie besprach das Geschehene auch mit ihrer Freundin, die nichts Bedrohliches darin sah und meinte, es wäre sicher nur ein Scherz gewesen. Das beruhigte sie ebenfalls, sie fragte sich nur, von wem dieser dumme Scherz kommen könnte.

Eine Woche später stockte ihr der Atem beim Öffnen des Briefkastens. Da war wieder eine Karte. Jetzt war ihre Heimatstadt abgebildet. Eine Karte, die es überall in Tourismusbetrieben zu kaufen gab. Wieder dieselbe Machart bei der Adresse und beim Text. Wieder die Botschaft: „Hier wohnst du." Abgestempelt in einer anderen Stadt. Sie musste sich setzen, ihre Knie zitterten, sie bekam richtig Angst. Wer trieb da Scherze mit ihr, woher kamen diese Karten? Was sollte sie tun?

Sie rief ihre Freundin an, die das langsam auch komisch fand und ihr riet, damit zur Polizei zu gehen. Doch konnte man das, wegen Ansichtskarten zur Polizei gehen? Machte sie sich da nicht lächerlich? Sie beschloss, noch zu warten.

Am Wochenende würde sie zu ihren Eltern fahren und diese um Rat fragen. Immer mit einer leichten Angst im Hinterkopf mühte sie sich durch den Alltag. Empfand diesen Zustand als zermürbend und freute sich bereits auf das Wochenende.

Mit den Karten im Gepäck fuhr sie los. Zuerst wollte sie nur mit dem Vater reden. Er war der Sachlichere von beiden. So wartete sie, bis ihre Mutter mit Ronja zum Spielplatz ging, täuschte Kopfschmerzen vor, um mit dem Vater alleine zu sein. Sie zeigte ihm die drei Karten, die er kopfschüttelnd betrachtete. Auch er war betroffen und konnte sich keinen Reim darauf machen. Das wiederum schürte ihre Angst und sie beschlossen, der Mutter erstmal nichts davon zu erzählen. Ihr Vater riet ihr, noch abzuwarten, bevor sie zur Polizei ging. Das war alles so vage und stellte sich vielleicht doch bald als übler Scherz heraus.

Völlig verunsichert fuhr sie wieder nach Hause. Der Griff in den Postkasten wurde zur täglichen Mutprobe. Sie hatte dauernd diese lauernde Angst in sich, war immer leicht angespannt und nervös. Sie konnte sich bei der Arbeit nicht gut konzentrieren, alles fiel schwer.

Wieder waren zwei Wochen vergangen, als es wieder passierte. Dieses Mal war es eine Fotokarte mit ihrem Straßenschild vorne drauf. Die Adresse, die Schrift und der Inhalt waren wie immer „Hier wohnst du." Abgestempelt war die Karte in einer Stadt in der Nähe.

Zitternd setzte sie sich auf einen Küchenstuhl, ihr stockte der Atem, die Angst kroch in ihr hoch und verkrampfte ihren Magen. Ihr wurde übel, sie bekam keine Luft. Ronja begann zu jammern. „Was ist los, Mama?", fragte sie ebenfalls verunsichert. So kannte sie ihre Mutter nicht. Sie war unfähig, das Kind zu beruhigen, und schickte es zum Spielen ins Zimmer. Jetzt war es genug, sie musste die Polizei rufen. Das tat sie gleich, erklärte einer Beamtin, sie werde bedroht, und schilderte die Geschichte mit den Karten. Die Polizistin nahm die

Personalien auf und versprach, jemanden vorbeizuschicken. Ganz ernst genommen fühlte sie sich nicht nach diesem Gespräch.

Wie sollte sie Ronja den Besuch der Polizei erklären? Sie richtete eine Jause für das Kind und holte sie aus dem Kinderzimmer. Während Ronja aß, erklärte sie ihr, dass bald Polizisten kommen würden, um nachzusehen, ob es ihnen gut gehe. „Das machen Polizisten manchmal", log sie daher. Damit sie mit den Leuten reden könne, solle Ronja in den Garten gehen und spielen. Schon klingelte es an der Tür und sie gingen öffnen, das Kind stand neugierig daneben. Sie begrüßte die Beamten, es war die Frau vom Telefon und ein Kollege. Sie stellte ihnen Ronja vor und schickte das Kind mit dem Versprechen auf ein Eis in den Garten. Als die Kleine draußen war, zeigte sie der Polizei die Karten. Diese reagierten betroffen, aber ratlos. „Es liegt keine wirkliche Bedrohung vor", meinte die Beamtin, und bevor nicht etwas Konkretes geschehe, könnten sie nichts unternehmen. Sie fasste es nicht, konnte ihr denn niemand helfen? „Ich fühle mich aber bedroht", jammerte sie ängstlich. „Wir können nur vermehrt in der Gegend Streife fahren", schlug die Polizistin vor. „Sie melden sich, wenn es etwas Neues gibt", meinten die Beamten beim Rausgehen.

Sie setzte sich zu Ronja in den Garten und brachte das versprochene Eis mit. „Alles ist gut Ronja, die Polizisten sind wieder weg", versuchte sie ihre Tochter und sich selbst zu beruhigen. Am liebsten würde sie sich jetzt ins Bett legen, sich die Decke über den Kopf ziehen und weinen. Aber sie musste sich zusammenreißen wegen Ronja.

Irgendwie plätscherte der Nachmittag dahin. Als das Kind im Bett war, schloss sie überall doppelt ab und machte im Erdgeschoss alle Fensterläden zu.

Sie fühlte sich beobachtet, hatte Angst, völlig paranoid zu werden. Verzweifelt rief sie ihren Vater an und erzählte ihm alles. Der war wütend auf die Polizei und versprach, am Wochenende zu kommen.

Sie schaute nach, ob Ronja schlief, legte sich ins Bett und weinte lange. Sie schlief schon länger schlecht und ihre Nerven waren mürbe. Die halbe Nacht lag sie wach, achtete auf jedes Geräusch im Haus und grübelte.

Untertags fühlte sie sich beobachtet und verfolgt. Nur mühsam gelang es ihr, den Alltag zu bewältigen. Sie war ständig angespannt und hatte weniger Nerven für Ronja. Gleichzeitig war die Kleine ein Grund, weiter zu funktionieren.

Am Wochenende kamen die Eltern und sie zeigte die Karten auch der Mutter. Diese reagierte bestürzt und ängstlich darauf und wollte am liebsten Tochter und Enkelkind mit zu sich nach Hause nehmen. Sie wäre auch gern geflohen, doch das war nicht möglich. Sie musste weiterhin zur Arbeit. Sie versprach der Mutter, gleich die Polizei zu rufen, wenn wieder eine Karte kam, und den Beamten die Handynummer der Eltern zu geben.

Die Tage vergingen, sie fürchtete sich jeden Tag beim Öffnen des Briefkastens. Sie vertraute sich der Nachbarin an und bat sie, ungewöhnliche Beobachtungen zu melden, außerdem gab sie auch ihr die Nummer der Eltern für einen etwaigen Notfall. Diese fand die Karten auch beunruhigend und sonderbar.

Und dann kam der Tag, an dem wieder eine Karte im Postkasten war. Dieses Mal war es eine Fotokarte von ihrem kleinen Häuschen mit Hausnummer, wahrscheinlich von der Straße aus aufgenommen. Wieder derselbe Modus und wieder: „Hier wohnst du."

Abgestempelt in ihrer Heimatstadt.

Alles kam näher, sie erschrak fürchterlich. Die Angst nahm ihr erneut den Atem, ihr wurde übel. Wieder schickte sie Ronja ins Kinderzimmer und rief die Polizei.

Die Beamtin kam alleine. „Leider können wir weiterhin nur abwarten", versuchte diese zu beruhigen. Immerhin nahm die Polizistin die Karten mit, um sie auf Spuren oder Abdrücke zu untersuchen. Sie hatte auch ein Gerät dabei und nahm ihre Fingerabdrücke, um diese auszuschließen. Aber sie machte ihr keine großen Hoffnungen, da die Karte auf dem Postweg durch viel zu viele Hände gegangen war. Mit dem Versprechen, bei Streifenfahrten ein Auge auf das Haus zu haben, und mit der Handynummer der Eltern verabschiedete sich die Beamtin.

Sie telefonierte auch gleich mit den Eltern, die sehr besorgt waren und versprachen, wieder vorbeizukommen.

Jetzt war sie wieder alleine mit ihrer Angst, die sie vor der Tochter verstecken musste. Sie fühlte sich auch im Haus nicht mehr sicher und ließ eine Sicherungskette an die Haustüre montieren. Ronja ließ sie nicht aus den Augen, besonders wenn diese im Garten spielte. Die Angst fraß sich in sie hinein. Zum Schlafmangel kam auch Appetitmangel hinzu. Sie musste sich zum Essen zwingen. Der Gedanke an die Karten war ständig in ihr. Beim Arbeiten hatte sie große Mühe, sich zu konzentrieren. Es wurde alles immer schlimmer und mühevoller. Trotzdem versuchte sie, sich am Alltag festzuhalten.

Wie auch sonst unternahm sie mit Ronja Ausflüge an den See oder Spaziergänge im Wald. Aber sie fühlte sich ständig beobachtet und hatte Angst, verrückt zu werden. Irgendwie schaffte sie es, weiter zu funktionieren.

Die Polizistin hatte ihr inzwischen die Karten wiedergebracht. Keine verwertbaren Spuren wurden gefunden. Der Satz „Hier wohnst du." war jeweils kalligrafisch mit Tinte von Hand geschrieben, aber das brachte sie auch nicht weiter.

Sie fühlte sich völlig alleingelassen und hilflos. Ihr Magen schmerzte jetzt oft, sie konnte nur schlecht schlafen und wurde von Alpträumen geplagt. Von ihrer Ärztin ließ sie sich ein pflanzliches Schlafmittel verschreiben. Auch die Ärztin zeigte sich besorgt wegen ihrer Nerven. Sie hatte Angst, völlig paranoid zu werden. Aber da war Ronja und die forderte Normalität. Das Kind sollte nichts spüren von ihrer Angst, tat es aber dennoch. Das Kind jammerte zurzeit häufiger, wollte am Abend nicht einschlafen und verhielt sich laut Kindergartenpädagogin auffällig. Ronja verkroch sich öfter in einer Ecke, wollte immer häufiger nicht mitspielen. Sie erzählte der Pädagogin von den Karten und ihrer Angst. Niemand außer ihr oder der Nachbarin dürfe das Mädchen abholen. Sie hinterließ auch hier die Handynummer der Eltern für den Notfall.

Eines Nachmittags im Supermarkt stieß sie fast mit einem Mann zusammen. Sie stammelte eine Entschuldigung und er sprach sie mit den Worten „Kathi, bist du das?" an. Sie erschrak kurz, erkannte ihn aber gleich. Das war doch der krumme Michl aus der Handelsschule, den alle immer ausgelacht hatten wegen seiner Größe und seiner gebeugt schwabbligen Figur. Ihr hatte er damals Leid getan. „Michael aus der Handelsschule", antwortete sie endlich. „Was machst denn du da?" „Ich wohne hier in der Nähe", war die Antwort. Sie erzählte ihm, auch in der Nähe zu wohnen. Sie gingen gemeinsam Richtung

Kasse. Sie hatte viel eingekauft und packte alles in drei Taschen. Er bot ihr seine Hilfe an und trug ihr zwei Taschen zum Fahrradanhänger, Ronja klemmte sich dazwischen. Wieder bot er an, beim Transport zu helfen. Sie willigte ein und so lud er eine Tasche auf sein Fahrrad. So radelten sie Smalltalk plappernd in Richtung Häuschen. Dort trug er ihre Taschen bis zur Haustür und sie lud ihn zum Kaffee ein. Er war freundlich und höflich und spielte mit Ronja, während sie Kaffee kochte und die Einkäufe verräumte. Während des Kaffees erinnerten sie sich an alte Schulgeschichten und er erzählte, wie schwierig es damals für ihn war. Er habe sie immer gemocht, weil sie nicht mit den anderen mitgelacht hatte. Sie plauderten über ihr Leben, wie es nach der Schule lief, wie sie jetzt lebten. Die Zeit verging wie im Flug. Kurz überlegte sie noch die Geschichte mit den Karten zu erwähnen, aber etwas hielt sie zurück, sie kannte ihn ja kaum. Sie tauschten noch die Handynummern aus, dann ging er wieder.

Das hatte ihr gut getan. Die Angst war für kurze Zeit weg gewesen, sie hatte sich gut unterhalten. Er war zwar immer noch groß und schlaksig, aber sehr höflich und nett. Vielleicht würde sie ja wirklich mal was mit ihm unternehmen.

Die Tage plätscherten dahin wie üblich. Es war schon lange keine Karte mehr gekommen, vielleicht war ja der Spuk jetzt einfach vorbei. Sie hatte sich ein bisschen beruhigt, schaute nicht mehr ständig zurück oder aus dem Fenster. Die Eltern waren am Wochenende da, sie grillten im Garten und hofften alle, dass wieder alles normal war.

Doch am nächsten Tag war es wieder so weit. Die Angst beim Öffnen des Briefkastens und tatsächlich war da wieder eine Karte. Dieses Mal eine Fotokarte von der Rückseite ihres Häuschens mit Garten und Terrasse. Wieder dieselbe Machart, nur stand jetzt der Satz „Hier wohnt ihr." drauf. Es schlug ein wie ein Blitz, sie ließ sich auf einen Stuhl fallen und da war sie wieder, die Panik, keine Luft und Schweißausbrüche. Dies wirkte noch bedrohlicher, weil das Kind indirekt erwähnt wurde.

Völlig aufgelöst rief sie wieder die Polizei und informierte über die Karte, doch die Antwort war dieselbe: „Wir können nichts tun, bevor etwas passiert." Es kam nicht mal jemand vorbei. Zitternd erzählte sie ihren Eltern davon, die sich sofort sorgten und versprachen, wieder vorbeizukommen.

Apathisch erledigte sie, was zu tun war, und kümmerte sich um das Kind. Sie traute sich nicht in den Garten und schloss überall doppelt ab. Wie sollte das alles weitergehen? So konnte und wollte sie nicht leben. Nicht in ständiger Angst um ihre Tochter und sich selber. Doch es blieb nichts anderes. Sie hatte keine Wahl, konnte nicht einfach fliehen oder so schnell woanders hinziehen. Sie hatte hier Wurzeln geschlagen und wollte sich nicht vertreiben lassen.

Erlösend empfand sie da den Anruf von diesem Michael, ob man am Wochenende zusammen etwas unternehmen sollte. Sie einigten sich auf einen Badetag am See.

Irgendwie schleppte sie sich durch die Woche. Sie freute sich auf das Wochenende, da kam sie wieder mal raus und die männliche Begleitung empfand sie als beschützend. Es wurde ein schöner, fröhlicher Tag. Michael hatte Picknick mitgebracht, war höflich, drängte sich nicht auf, blödelte mit Ronja im Wasser herum. Sie verdrängte ihre Ängste und versuchte, diesen Tag zu genießen. Er begleitete sie noch nach Hause, sie tranken im Garten Kaffee, bevor er sich wieder verabschiedete.

Sie wollten die nächste Zeit mal abends essen gehen. Sie würde die Nachbarin fragen, ob sie inzwischen auf Ronja schauen könnte. Die hatte das schon öfter gemacht, wenn sie abends mal weg musste.

Mit dem Alleinsein kroch wieder die Angst in ihr hoch und sie zog sich ins Haus zurück. Sie hatte Michael noch immer nichts von den Karten erzählt.

Die Woche zog sich dahin, täglich die Angst beim Öffnen des Postkastens, täglich das Gefühl, beobachtet zu werden. Michael rief an und schlug den Donnerstagabend vor. Sie redete mit der Nachbarin, die hatte Zeit, also wollten sie sich um acht bei der Pizzeria ums Eck treffen. Sie freute sich darauf, gleichzeitig hatte sie Bedenken, ihm irgendwelche Hoffnungen zu machen. Sie war nicht verliebt, fand es nur schön, mal ein bisschen Abwechslung zu haben, mal mit einem Erwachsenen reden zu können. Es war auch für Ronja mal was anderes und die hatte ihre Freude mit ihm. Sie hoffte, er sah das genauso. Dass er selber alleine war und keine Familie hatte, hatte er ihr erzählt. Sie würden über all das am Donnerstagabend reden.

Um viertel vor acht verließ sie das Haus. Ronja schlief schon, sie hatte ihr wie üblich etwas vorgelesen und bei ihr gesessen, bis sie schlief. Die Nachbarin saß im Wohnzimmer und würde aufpassen.

Beruhigt und doch leicht aufgeregt machte sie sich auf den Weg. Die Pizzeria war ganz in ihrer Nähe, er war schon da, als sie kam. Das Essen verlief gemütlich, sie sprachen über dies und das, schwelgten in Schulerinnerungen. Endlich erzählte sie ihm von den Karten. Er reagierte betroffen und erbost und zeigte Mitgefühl. „Ich werde dich heute Abend beschützen", versprach er.

Nach dem Essen schlug er vor, zu ihm zu gehen, er habe einen Nachtisch vorbereitet und den Kaffee könne man auch bei ihm trinken. „Aber nur auf einen Sprung", erwiderte sie leicht beschwipst von dem Wein, den sie getrunken hatten. Sie spürte Alkohol immer gleich, da sie sonst fast nie trank. „Nur auf einen Sprung, dann begleite ich dich nach Hause", schlug er vor.

Sie machten sich auf den Weg. Es war ein sehr altes Haus, auf das sie zugingen, wirklich sehr nah bei ihrem Zuhause, es war ihr bisher aber nie aufgefallen. Er bat sie in die Küche. Es sah alles sehr ordentlich und aufgeräumt aus. Er servierte Tiramisu, das er selbst hergestellt hatte, und Kaffee. Es schmeckte köstlich und der Kaffee tat ihr gut. Sie fühlte sich wieder nüchterner. Plötzlich legte er seine Riesenhand auf ihre und sagte: „Kathi, ich habe dich immer schon geliebt." Erschrocken zog sie ihre Hand ein und erwiderte: „Ich liebe dich nicht, Michael. Ich hatte gehofft, wir könnten Freunde sein." Er lächelte einfach weiter. „Aber das können wir doch", antwortete er strahlend. Sie fand das leicht beunruhigend, hatte mit Enttäuschung gerechnet. „Ich sollte jetzt besser gehen", schlug sie vor. „Warte, ich bringe dich nach Hause, muss nur noch schnell aufs WC." Sie ging schon voraus zur Haustüre, zog sich Jacke und Schuhe an und wartete. Dabei entdeckte sie an den Wänden im Flur Bilder mit kalligrafisch geschriebenen Sprüchen. „Die habe ich alle selber gemacht. Kalligrafie ist mein Hobby", hörte sie noch, dann packte er sie, hielt ihr ein Tuch vors Gesicht und alles wurde schwarz.

***

Er hatte sie schon lange im Visier. Hatte seit der Schulzeit ein Auge auf sie. Wusste jeweils, wo sie wohnte und arbeitete. So oft hatte er sie schon aus der Ferne und aus der Nähe beobachtet. Dass er dieses alte Haus so nah bei ihr geerbt hatte, hielt er für Bestimmung. So viel Zufall konnte es nicht geben. Es wurde zu seinem einzigen Lebensinhalt, sie irgendwann zu haben. Es wurde zur Manie.

Er drängte nicht, ließ sich für alles viel Zeit. Sie würde nicht weglaufen, dazu lebte sie viel zu eintönig und angepasst. Sein Plan war mit dem Erbe herangereift. Er hatte zudem noch drei Wohnungen in der Stadt geerbt, das erlaubte ihm, keiner Arbeit nachgehen zu müssen, er lebte gut von den Mieteinnahmen.

So hatte er Zeit gehabt, sich ganz auf seinen Plan zu konzentrieren und gleichzeitig sie zu beobachten. Er arbeitete immer vormittags an seinem versteckten Keller, machte ihn schalldicht, brachte Gitter an den hochliegenden Fenstern an und verdunkelte sie. Er baute sanitäre Anlagen ein, machte alles allein, hatte immer gern gebastelt. Einkaufen ging er in den umliegenden Baumärkten, wechselte ab, um nicht aufzufallen. Neugierige Nachbarn gab es keine, hinten grenzte das Grundstück an den Wald, das Haus daneben stand leer. So konnte er ungestört arbeiten und den Raum einrichten. Er hatte an alles gedacht, war perfekt vorbereitet.

Währenddessen kam ihm die Idee mit den Karten. Er musste sie irgendwie schwächen, mürbe machen, bevor er sich ihr zeigte, damit sie sich nicht gleich abwandte.

Er liebte sie schon seit der Schulzeit, wollte sie ganz für sich haben. Sie hatte ihn zwar nicht mit den anderen ausgelacht, hatte ihn jedoch ignoriert und ihm keinerlei Beachtung geschenkt. Und er hatte damals nicht gewusst, wie er sie für sich gewinnen könnte. Seit damals war er wie besessen davon und jetzt wusste er wie. Nun war er in ihrer Nähe, wusste, wo sie arbeitete, wo sie lebte. Er wusste sogar, wo dieses Scheißkind in den Kindergarten ging. Er hasste Kinder, egoistische kleine Bestien, die alles für sich einnahmen. Dieses Kind wollte er nicht, er wollte nur sie. Sie beide würden glücklich werden, davon war er überzeugt, es brauchte halt alles seine Zeit.

Die Idee mit den Karten fand er genial, und er ließ sich sehr viel Zeit, unternahm Reisen, um sie abzuschicken. Er hinterließ keine Spuren an den Karten, fasste sie nur mit Handschuhen an. Und er beobachtete sie. Sah, wie sie mit jeder Karte ängstlicher wurde, sich immer wieder umschaute, das Haus verriegelte. Sogar die Bullen hatte sie gerufen, er musste vorsichtig sein. All das erfüllte ihn mit Befriedigung. So konnte er sie weichklopfen und sie würde empfänglich sein für seine Hilfe. Alles lief nach Plan, er war zufrieden.

Das Treffen im Supermarkt hatte er genau geplant. Und er hatte seine Rolle gut gespielt. War höflich und distanziert gewesen und hatte sich sogar mit dieser jammernden Göre abgegeben. Das mögen sie, die Frauen, wenn man lieb zu ihren Kindern war, die sie aussaugten, ohne dass sie es bemerkten.

Dann kamen der Badetag und die Einladung zum Essen. Er war vorsichtig gewesen und erstaunt, dass alles so gut lief.

Und jetzt hatte er sie, sie war unten im Keller im neuen Raum. Sie war noch betäubt, sollte sich erstmal ausschlafen. Dann würde er sie verwöhnen, sie bekochen und langsam würde er sie fügig machen. Sie würde sich einleben, sich an ihn gewöhnen und irgendwann würden sie ein Paar sein, glücklich und verliebt.

Er hatte Zeit, rechnete mit Widerstand, aber das würde sich geben, er hatte Geduld, viel Geduld. Wehtun würde er ihr nur, wenn es unbedingt notwendig sein würde.

Sie würden sie suchen, das wusste er, aber er hatte vorgesorgt. Als er hierher zog, änderte er seinen Namen, nahm den von seiner Großmutter an, hieß jetzt Michael Jensen und nicht mehr Gruber wie zu Schulzeiten. Diese Spur war verwischt.

Ihr Handy hatte er ausgeschaltet, die SIM-Karte vernichtet. Sie würden sie nicht orten können, würden ihm nicht auf die Spur kommen. Und wenn doch, dann hatte er auch vorgesorgt. Niemand würde sie je trennen können.

***

Die Nachbarin wachte auf, weil ihr Rücken schmerzte. Sie wusste einen Moment nicht, wo sie war, fand sich in Kathis Wohnzimmer wieder, musste wohl auf dem Sofa eingeschlafen sein. Draußen dämmerte es bereits, wieso hatte sie Kathi nicht gehört beim Nachhausekommen? Verwirrt setzte sie sich auf und ging zu Kathis Schlafzimmer, spähte leise hinein, doch da war niemand. Sie erschrak zunächst, weil Kathi bis spätestens 23 Uhr wieder zurück sein wollte. Und so einfach wegzubleiben war nicht Kathis Art. Jetzt war es 5 Uhr früh. Die Kleine schlief tief und fest. Es blieb ihr nichts übrig, als den Morgen abzuwarten, dann würde sie Kathi anrufen. Also legte sie sich noch ein bisschen hin.

Um 7 Uhr wählte sie Kathis Nummer. „Kein Anschluss unter dieser Nummer", hieß es da. Nun überkam die Frau eine große Angst. Ihr fielen die Karten ein, die Kathi ihr gezeigt hatte. Gab es da einen Zusammenhang? Sie probierte die Nummer immer wieder, erhielt stets dieselbe Antwort.

Inzwischen war die Kleine aufgewacht und fragte nach ihrer Mutter. Sie versuchte zu beruhigen, Mama würde bald da sein. Sie gab Ronja Frühstück, zog sie an und brachte sie zum Kindergarten. Sie sprach noch kurz mit der Pädagogin, stellte sich vor und versprach, Ronja wie üblich um 13 Uhr wieder abzuholen. Kathi wäre heute verhindert, log sie noch dazu.

Rasch lief sie wieder zu Kathis Haus. Niemand war da. Wieder der Versuch mit dem Handy, wieder die monotone Stimme. Wo war Kathi und wieso hatte sie ihr Handy deaktiviert? Sie musste zur Polizei gehen. Sie rief dort an, wollte Kathi als vermisst melden. Der Beamte sagte nur, das wäre zu früh. Eine erwachsene Person könne auch mal eine Nacht wegbleiben, da warte man ab.

Sie war verzweifelt, konnte sie denn nichts tun? Da fielen ihr die Eltern von Kathi ein. Diese hatte ihr die Nummer aufgeschrieben. Sie fand den Zettel im Flur und rief gleich dort an. Der Vater war dran und sie schilderte die Situation. Er reagierte sehr ängstlich, denn Kathi würde so etwas nie machen, würde Ronja nie im Stich lassen. Er versprach, sofort loszufahren und herzukommen. Jetzt war ihr ein wenig leichter. Sie war mit ihrer Sorge nicht mehr allein. Sie räumte ein wenig auf, trank Kaffee und wartete auf die Eltern, die schon bald eintrafen. Diese hatten auch versucht, Kathi übers Handy zu erreichen, erfolglos. Sie waren in großer Sorge und berieten, was zu tun sei. Auch sie wussten ja von den Karten und ahnten einen Zusammenhang.

Der Vater rief nochmals bei der Polizei an und erreichte zum Glück die Beamtin, die sich um den Fall mit den Karten gekümmert hatte. Sie versprach vorbeizukommen.

Die Nachbarin schilderte, wie und wann Kathi am Vorabend das Haus verlassen hatte und dass sie sich mit einem Bekannten zum Essen treffen wollte. Wohin genau wusste sie nicht, aber es könne nicht weit weg sein, weil sie zu Fuß dorthin gegangen war. Wer dieser Bekannte war, wusste sie nicht, hatte aber in letzter Zeit zweimal einen sehr großen Mann wegradeln gesehen.

Die Polizistin schaute sich in der Wohnung um, aber nirgends ein Hinweis, nur diese dubiosen Karten und diese halfen auch nicht weiter. Die Nachbarin holte in der Zwischenzeit Ronja vom Kindergarten ab. Die Großeltern befragten die Kleine nach dem Mann, der hier war. Michael hieß er, so viel wusste das Kind, und dass er mit ihr gespielt und gebadet hatte.

Die Beamtin nahm nun auch die Vermisstenanzeige auf. Jetzt konnten sie Schritte einleiten, um Kathi zu suchen, nun war augenscheinlich etwas passiert.

Die Nachbarin verabschiedete sich. Die Großeltern blieben bei Ronja, sie wollten in der Nähe sein. Leider hatte Kathi ihnen nichts von einem Bekannten erzählt. Sie ängstigten sich sehr, befürchteten das Schlimmste. Was war mit ihrer Tochter geschehen? Ronja sagten sie, die Mama wäre ein paar Tage im Urlaub.

***

Sie wachte in ihren Kleidern vom Vorabend in einem Bett auf, wusste im ersten Moment nicht, wo sie war. Alles war dunkel um sie herum, nur oben konnte sie einen schwachen Lichtschein hinter verdunkelten Fenstern erkennen. Benommen tastete sie sich durch den Raum und fand eine Türe und einen Lichtschalter. Sie machte Licht und erkannte einen Kellerraum mit einem Bett, einem Tisch mit zwei Stühlen, einem Vorhang, hinter dem ein Klo, ein Waschbecken und eine Dusche angebracht waren. Sie erschrak fürchterlich, erinnerte sich dumpf an den Vorabend. Sie hämmerte gegen die verschlossene, schwere Türe, schrie und kreischte: „Lass mich raus!" Doch nichts geschah, niemand schien sie zu hören. Sie ließ sich erschöpft aufs Bett sinken und begann langsam zu realisieren, was passiert war.

Dieser Michael hatte sie eingesperrt, dieser durchgeknallte Typ hatte ihr diese bedrohlichen Karten geschrieben und sie in diese Falle gelockt. Was wollte er von ihr, was sollte diese Gefängniszelle? Den Raum musste er extra so hergerichtet haben, da steckte ein Plan dahinter. Die Angst krallte sich in ihr fest, ihr wurde übel.

Plötzlich hörte sie ein Geräusch an der Tür, jemand schloss auf. Sofort stürmte sie zur Tür und stürzte sich auf Michael, der gerade hereinkam. Sie bearbeitete ihn mit Fäusten, schrie ihn an, versuchte, an ihm vorbeizukommen. Er packte sie mit eisernem Griff, stieß sie weg und verschloss die Türe. „Du krankes Arschloch, lass mich raus! Was willst du von mir?", schrie sie ihm entgegen. Er setzte sich auf einen Stuhl und sagte: „Du wohnst jetzt bei mir, endlich sind wir ein Paar." Wieder stürzte sie sich auf ihn, schrie, tritt, schlug um sich und kratzte. Er packte sie wieder mit seinen Riesenhänden und sprach: „Beruhige dich, sonst muss ich dir weh tun, das wollen wir doch beide nicht. Ich geh jetzt rauf und mach dir Frühstück."

Sie sank völlig außer Atem aufs Bett, sie konnte sich gegen diesen Riesen nicht wehren. Es war hoffnungslos, chancenlos, da rauszukommen. Alles brach über ihr zusammen, sie weinte und sackte innerlich völlig ein. Nach und nach kam ihr alles in den Sinn. Wo war Ronja? Sie hoffte, die Nachbarin würde sich um sie kümmern. Wieso hatte sie niemandem erzählt, mit wem und wo sie hingegangen war? Man würde sie hier niemals finden. Es überkam sie eine schreckliche Sehnsucht nach ihrem Kind. Dieser Psychopath würde sie niemals gehen lassen. Sie würden sie suchen, aber nirgends finden. Niemand wusste von diesem schrecklichen Michael.

Wie hatte sie so naiv sein können, wieso hatte sie nichts bemerkt? Er war so freundlich und nett gewesen. Er hatte alles so geplant. Hatte sie mit den Karten mürbe gemacht, war zur richtigen Zeit in ihr Leben gekommen, als sie einen Freund gebraucht hatte.

Sie hörte wieder ein Geräusch an der Türe. Diesmal wurde eine Klappe geöffnet und ein Tablett mit einem üppigen Frühstück hereingeschoben. „Lass es dir schmecken, meine Liebe", klang es von außen.

Sie nahm das Tablett und trank einen Saft und Kaffee. Essen konnte sie nichts. Was sollte das mit dieser Hotelküche? Wollte er sie verwöhnen? Wie krank war dieser Mann?

Nach einer Weile kam er wieder. Sie schrie ihn an: „Wo ist Ronja? Lass mich raus, ich will zu meinem Kind!" „Ronja geht es gut, die Großeltern sind bei ihr, mach dir keine Sorgen. Wir brauchen kein Kind, wir werden zusammen glücklich sein. Du musst dich nur eingewöhnen, und schreien hilft nichts, es kann dich hier unten niemand hören."

Woher wusste er von den Großeltern? Er beobachtete das Haus. Sie hatte richtig gelegen als sie sich beobachtet gefühlt hatte. Er glaubte tatsächlich, dass er sie fügig machen könne, wenn er sie nur lange genug einsperrte. Sie versuchte es mit Jammern und Weinen. Er lächelte nur milde, nahm das Tablett und ging wieder.

Sie sah keinen Ausweg und weinte, bis keine Tränen mehr da waren.

Die Verdunkelung der Fenster ging hinauf, das konnte er also von oben steuern, und ein bisschen Tageslicht kam durch die Milchglasscheiben herein. Es wurde Mittag, so schätzte sie, denn es kam wieder ein Tablett durch die Luke. Es roch gut, anscheinend wollte er sie gut bekochen. Sie rührte nichts an. Ihr Magen war ein einziger Krampf.

Völlig mut- und hoffnungslos lag sie im Bett und fühlte sich schrecklich. Ihr Kopf arbeitete an einer Fluchtmöglichkeit, doch nichts war möglich. Sie hatte keine Chance zu fliehen. Er war viel zu groß, zu stark, sie konnte nichts gegen ihn unternehmen.

Die Stunden vergingen, ab und zu nickte sie ein. An der hinteren Wand hatte sie einen Kleiderschrank entdeckt, mit Kleidung in ihrer Größe, mit Büchern und Rätselheften. Er hatte für alles vorgesorgt. Das Handy hatte er wahrscheinlich an sich genommen und deaktiviert, sonst könnte die Polizei sie orten. Das alles machte sie noch verzweifelter und trauriger.

Am Abend kam wieder ein Tablett, wieder ließ sie es bis auf den Tee unberührt. Beim Abholen meinte er: „Du wirst dann schon essen, wenn du dich eingelebt hast. Ich wünsche dir eine gute Nacht, meine Liebe, bis morgen." Die Verdunkelung wurde wieder heruntergelassen.

Da kam ihr eine Idee. Wenn ein Lichtschimmer bei der Dämmerung hereinschien, leuchtete vielleicht auch etwas Licht hinaus.

Sie durchsuchte den Raum gründlich nach Kameras, vielleicht beobachtete dieser Irre sie auch noch, doch sie konnte zum Glück nichts entdecken. So schaltete sie den Lichtschalter eine Ewigkeit lang aus und ein, blöd, dass sie nie morsen gelernt hatte, aber vielleicht sah ja jemand das Licht. Sie hatte wenig Hoffnung, da das Haus abgelegen zum Wald hin lag, das wusste sie von ihrem Besuch am Vorabend. Und doch tat sie das von nun an jeden Abend und klammerte sich an diesen einzigen Hoffnungsschimmer.

Bald begann sie auch zu essen, sie wollte nicht sterben, wollte bei Kräften bleiben, falls sich irgendwann eine Fluchtmöglichkeit bot. Sie vertrieb sich die Zeit mit Grübeln, Lesen und Rätseln. Es fiel ihr schwer, sich zu konzentrieren, aber sie musste sich irgendwie beschäftigen, konnte nicht dauernd daliegen und die Wände anstarren. Manchmal glaubte sie, keine Luft zu bekommen, doch er hatte eine Lüftung angebracht und sie versuchte, ruhig zu bleiben.

Sie weinte oft, hatte schreckliche Sehnsucht nach ihrer Tochter, wollte für Ronja stark bleiben. Sie benutzte auch die Dusche und frische Kleidung, wollte hier unten nicht völlig versauern. Und jeden Abend Licht an und aus.

Er behandelte sie stets freundlich, freute sich, dass sie aß und duschte. Er bekochte sie vorzüglich, ging beim Bringen und Holen des Essens kein Risiko ein. Die Tür wurde immer verschlossen, sie hatte keine Chance zu entkommen. Er fasste sie auch nicht an, sprach nur von Liebe und eingewöhnen.

Sie sprach nicht mit ihm. Widerstand zu leisten hatte sie aufgegeben, es war unmöglich, aus diesem Kellergefängnis auszubrechen. Sie hatte oft Angst, hier unten völlig verrückt zu werden, zu verzweifeln. Ihre einzige Hoffnung war das Lichtspiel jeden Abend.

***

Die Polizei tappte völlig im Dunkeln. Die Frau war wie vom Erdboden verschluckt. Sie untersuchten nochmals diese Karten, doch sie konnten nichts finden außer ihren Fingerabdrücken und ihrer DNA. Sie befragten die Nachbarn, die beschrieben wieder einen großen Mann, der in letzter Zeit zu Besuch gekommen war.

Sie durchforsteten alle Restaurants in der Nähe und wurden in einer Pizzeria fündig. Die Kellnerin erkannte die Frau auf dem Foto und erinnerte sich an einen sehr großen Mann in Begleitung. Die beiden verließen um ca. 21.30 Uhr gemeinsam das Gasthaus.

Die Handyortung ergab nichts, das Handy war tot. Die Kontaktdaten zeigten in letzter Zeit öfter eine Nummer an. Die Nachforschungen ergaben, dass das Handy auf einen gewissen Michael Jensen angemeldet war. Sie fanden die Adresse heraus und fuhren dort hin. Sie fanden ein sehr altes, leicht abgelegenes Haus. Beim Klingeln öffnete ein großgewachsener Mann und begrüßte sie freundlich, bat sie sogar herein. Sie sahen sich um und zeigten ihm das Foto der Frau. „Ja, die Kathi kenn ich noch aus Schulzeiten. Wir waren letzten Donnerstag gemeinsam in der Pizzeria. Was ist mit ihr?", fragte er besorgt. „Sie ist verschwunden und Sie waren wahrscheinlich der Letzte, der sie gesehen hat. Was war nach der Pizzeria?" „Wir blieben bis ca. 21.30 Uhr und gingen dann jeder für sich nach Hause. Das ist ja schrecklich, ich hätte sie doch begleiten sollen, aber sie wollte das nicht", antwortete er sehr betroffen. Er führte sie durch die aufgeräumte Wohnung, da waren keine Anzeichen oder Hinweise auf Kathi zu entdecken.

„Was machen Sie eigentlich beruflich?" „Ich bin Hausverwalter, habe noch drei Wohnungen in der Stadt geerbt und lebe von den Mieteinnahmen." Sie ließen sich die Adressen geben. „Halten Sie sich zu unserer Verfügung", verabschiedeten sie sich schließlich.

Der Mann wirkte ehrlich betroffen, sie brauchten mehr Informationen für eine Hausdurchsuchung. Sie kontrollierten die Wohnungen in der Stadt. Die waren alle vermietet, niemand von den Bewohnern erkannte diese Frau auf dem Foto.

Sie gingen mit der Vermisstenanzeige an die Öffentlichkeit, baten die Bevölkerung um Mithilfe.

***

Das war knapp gewesen. Wie waren sie auf ihn gekommen? Aber er war zufrieden mit sich selbst, hatte gut reagiert. Lügen wäre unklug gewesen. Die Beamten hatten nichts in der Hand für einen Durchsuchungsbefehl. Er musste vorsichtig sein, durfte keine Fehler machen. Er hoffte, an alles gedacht zu haben.

Die Kellertür war in der Garage. Wenn er hinunterging, schloss er immer ab, falls sie versuchte zu entkommen. Doch sie verhielt sich ruhig, hatte den Widerstand aufgegeben. Das bestärkte ihn in seinem Tun. Sie redete zwar nicht mit ihm, ignorierte ihn, aber auch das würde sich mit der Zeit regeln.

Immerhin aß sie jetzt alles und duschte regelmäßig. Sie benutzte auch Bücher und Rätselhefte und hatte aufgehört mit Schreien, Weinen und Jammern. Das alles wertete er als gutes Zeichen. Es brauchte alles seine Zeit. Sie würde ihn lieben lernen und vernünftig sein.

Und wenn sie wiederkommen würden, die Bullen, um das Haus zu durchsuchen, dann wusste er, was zu tun war. Niemand würde ihn daran hindern, diese Frau auf ewig zu lieben.

***

Die Eltern waren verzweifelt. Noch immer keine Spur von ihrer Tochter. Und wieder und wieder Ronjas Tränen, weil sie zu ihrer Mutter wollte, weil sie nicht verstand, warum ihre Mama nicht mehr da war.

Sie fuhren zurück in ihr Zuhause, nahmen die Kleine mit. Hier konnten sie nichts tun und für Ronja war es dort vielleicht einfacher.

Die Polizei hatte zwar diesen Michael gefunden, jedoch keine Spur von Kathi. Sie konnten und wollten hier nicht länger herumsitzen und warten. Sie hatten die Hoffnung aufgegeben, dass Kathi einfach irgendwann wieder nach Hause kam. Zuhause konnten sie sich besser ablenken. Warten konnten sie dort auch.

***

Es kamen viele Hinweise aus der Öffentlichkeit, jedoch das meiste unbrauchbar. Dennoch gingen sie jedem Hinweis nach, es ergab sich aber nichts Konkretes. Man hatte Kathi in Begleitung eines großen Mannes am Badesee gesehen. Die Kassiererin im Supermarkt erinnerte sich an Kathi und, dass sie einmal in Begleitung eines Mannes dort war.

An jenem Donnerstagabend hatte niemand Kathi gesehen. Die Spuren verliefen alle im Sand. Sie würden diesem Jensen noch mehr auf den Zahn fühlen, hatten leider nichts gegen ihn in der Hand. Seine Aussage deckte sich mit der Beschreibung der Kellnerin.

Einige Tage später ging ein interessanter Hinweis ein. Ein Jäger hatte einen Hochstand am Waldrand und hatte Blick auf ein altes Haus. Tagsüber brenne da immer Licht im Keller. Es leuchtete milchig zwischen den Gittern heraus. Abends schien ein leichter Lichtschimmer am Rand der Fenster dauernd an und aus zu gehen. Und das jeden Abend mindestens eine Stunde lang. Er war häufig dort, um das Wild zu beobachten. Sie luden ihn zum Gespräch und er schilderte das Haus von diesem Jensen. Das war alles sehr dubios. Vielleicht reichte diese Beobachtung für einen Durchsuchungsbefehl. Jensen war immer noch ihr Hauptverdächtiger. Er hatte sie zuletzt lebend gesehen.

***

Tag für Tag glitt an ihr vorbei. Wären da nicht diese Milchglasscheiben, sie würde jede Form von Zeitgefühl in diesem Bunker verlieren. Die regelmäßigen Mahlzeiten halfen ihr auch bei der zeitlichen Orientierung. Sie vegetierte dahin, wusste nicht, wie viele Tage oder gar Wochen schon. Sie hätte von Anfang an Striche machen sollen, aber das kam ihr erst später in den Sinn. Anfangs war sie zu gelähmt von ihrer Angst und Verzweiflung.

Er kam regelmäßig mit dem Essen. Er machte den Raum sauber und holte die Wäsche, die er frisch gebügelt wieder nach unten brachte. Er redete ständig von seiner Liebe zu ihr, über ihre gemeinsame Zukunft. Er glaubte wirklich, sie fügig machen zu können, wenn er sie nur lange genug einsperrte. Er war völlig krank und besessen von seinem Plan.

Sie redete kein Wort mit ihm, ignorierte ihn völlig, antwortete auf keine seiner Fragen. Das schien ihn nicht zu stören. Er blieb stets freundlich, rührte sie nicht an, blieb auf Distanz. Sie hatte Angst, dass das nicht so bleiben würde. Sie war ihm körperlich völlig unterlegen. Wenn er da war, war sie immer sehr angespannt und ängstlich. Sie beobachtete jede seiner Bewegungen und war froh, wenn er wieder ging.

Sie vermisste ihre Tochter und ihr altes Leben so sehr, wurde immer depressiver, die Hoffnung schwand von Tag zu Tag. Sie würden sie hier unten niemals vermuten und suchen. Niemand kannte dieses Haus, niemand würde sie hier finden. Sie wusste, dass ihre Eltern sich gut um Ronja kümmern würden, doch das war ein schwacher Trost. Eine Mutter sollte bei ihrem Kind sein und nicht einfach plötzlich verschwinden. Sie fühlte, wie traurig Ronja war. Es war zum Verzweifeln hier unten.

Dennoch machte sie abends immer wieder ihre Lichtsignale ein und aus, mindestens eine Stunde lang, so schätzte sie. Vielleicht sah ja doch mal jemand dieses Licht. Man suchte sie ja sicher überall, sie war sehr wahrscheinlich als vermisst gemeldet. Da fragte man die Bevölkerung um Mithilfe. Das war ihr einziger Hoffnungsschimmer.

Während der Lichtzeichen war sie immer ungestört. Nach dem Abendessen kam er nie nochmals zu ihr nach unten. Er konnte das nicht sehen, außer er lief abends ums Haus. Bisher hatte er nichts erwähnt, sonst hätte er ihr wahrscheinlich am Abend den Strom abgeschaltet. Sie hoffte sehr, dass er weiterhin nichts bemerkte. Sie klammerte sich an diese Hoffnung, nur so konnte sie weiterleben. Es war alles so trostlos da unten, allein eingesperrt in diesem Bunker. Obwohl sie nicht gläubig war, hatte sie sogar angefangen zu beten.

***

Sie erhielten den Durchsuchungsbefehl und rasten mit der ganzen Truppe und mit Hunden los. Endlich konnten sie irgendetwas tun. Sie erreichten das Haus mit Blaulicht und Sirenen.

***

Er hörte und sah sie kommen. Wie war das möglich, wie waren sie darauf gekommen, bei ihm zu suchen? Was hatte er übersehen? Ihm musste ein Fehler unterlaufen sein. Er hätte doch Kameras installieren sollen. Was hatte sie gemacht, um auf sich aufmerksam zu machen?

Egal, er hatte keine Chance mehr, war in die Ecke gedrängt. Er hatte auch damit rechnen müssen und er war vorbereitet, auch für diesen Fall. Mit großen Schritten eilte er nach oben.

***

Sie postierten sich, der leitende Beamte klingelte an der Tür. Da hörten sie einen Schuss. Sofort brachen sie die Tür auf und stürmten ins Haus. Sie durchsuchten jeden Raum, bis sie oben im Schlafzimmer die Leiche des Mannes entdeckten. Er hatte sich eine Kugel in den Kopf geschossen. Was bedeutete das? Ein Schuldbekenntnis? Und wo war die Frau? Sie fanden einen Schlüsselbund in Jensens Jackentasche und begannen die Suche. Ein Hund wies ihnen den Weg in die Garage zu einer Tür.

***

Sie glaubte etwas zu hören, oder täuschte sie sich? Sie hörte sonst nie etwas hier unten. Hörte nur den Schlüssel im Schloss, wenn er kam, oder die Essensklappe. War es schon Mittag? Er war doch eben erst bei ihr unten gewesen. Aber sie hörte ein Getrappel jenseits der Türe. Sie lief hin und klopfte, schrie um Hilfe wie zu Beginn ihrer Haft. Hämmerte auf die dicke Stahltüre ein und weinte laut.

***

Einer der Schlüssel passte und sie stiegen hinunter. Am Fuß der Treppe war ein großer Raum, an dessen Ende eine schwere Stahltüre, hinter der sie schwach ein Klopfen und Schreien hörten. Sie fanden auch diesen Schlüssel, der Hund jaulte und sprang in den Raum. Eine Frau fiel ihnen in die Arme. Sie hatten Kathi gefunden. Die Frau weinte und zitterte am ganzen Körper. Ein Krankenwagen war schon vor Ort. Die Sanitäter betteten sie auf eine Liege. Der Arzt gab ihr eine Infusion mit Beruhigungsmitteln.

„Wo ist Ronja? Ich will zu Ronja", weinte sie die ganze Zeit. Der Arzt sprach beruhigend auf sie ein und ein Beamter erklärte ihr, Ronja sei bei ihren Eltern. Sie brachten sie ins Krankenhaus.

Die Beamten staunten über den Raum, den dieser Michael Jensen hier unten gebaut hatte. Er hatte wirklich an alles gedacht, bis auf die totale Verdunkelung. Alles war schalldicht und völlig ausbruchsicher gebaut.

Die Frau musste durch die Hölle gegangen sein hier unten. Zum Glück hatte sie diese Lichtsignale gegeben und dieser Jäger war aufmerksam gewesen, sonst hätten sie sie nicht gefunden.

Der Fall kam an die Öffentlichkeit. Die Presse war schon vor Ort. Es gab eine Pressekonferenz zum Auffinden der Frau und zum Ableben des Täters.

***

Sie kam in eine Nervenklinik, wo sie zwei Monate blieb. Ihre Eltern kamen oft mit Ronja zu Besuch. Die Mama war wieder da, nur noch ein bisschen krank.

Sie war sehr geschwächt, hatte Panikattacken und Schlafstörungen. Ihr altes Leben war vorbei, sie konnte nicht zurückkehren und einfach weitermachen, als ob nichts passiert wäre. Außerdem erkannte man sie jetzt in der ganzen Stadt, sie würde keine Ruhe mehr haben.

Nach dem Klinikaufenthalt zog sie mit Ronja zu ihren Eltern, konnte nicht mehr alleine wohnen, die Angst war zu mächtig. Sie war lange arbeitsunfähig, konnte sich nicht konzentrieren und wurde von Ängsten und Alpträumen geplagt.

Nur dank Ronja hatte sie die Kraft, sich wieder langsam ins Leben zurück zu tasten.

Nie wieder würde sie so unbeschwert sein können wie früher.

HASS

Sie hasste ihn. Hasste ihn, seit sie denken konnte. Sie war sechs Jahre alt, als er geboren wurde. Sechs Jahre hatte sie die ungeteilte Liebe und Aufmerksamkeit ihrer Eltern. Als er kam, fiel das alles von ihr ab und ihm zu.

Sie war ein schwieriges Kind, pummelig, tollpatschig, mit Brille und meistens schlecht gelaunt. Trotzdem wurde sie geliebt, bis er kam.

Er war ein Sonnenschein, blond gelockt mit blauen Augen, und immer fröhlich. Alle waren von ihm begeistert, alle beachteten nur noch ihn. Sie lebte so nebenher mit, war ständig im Weg, machte Probleme. Während ihrer Pubertätszeit war es am schlimmsten. Sie wurde noch pummeliger, litt unter schwerer Akne, war noch schlechter gelaunt und unglücklich. Niemand wollte mit ihr befreundet sein. Sie hatte das Gefühl, alle grausten sich vor ihr. Und er bekam alles, was ihr verweigert wurde.

Er machte nie Probleme, war gut gelaunt, sogar die Pubertät glitt an ihm vorüber. Er lernte gut und ging ins Gymnasium, hatte viele Freunde und Freundinnen.

Sie schloss mit Ach und Krach eine Lehre als Verkäuferin ab. Arbeitete immer noch im selben Lebensmittelgeschäft. Sie wohnte in einer kleinen, dunklen Wohnung, sie war allein, hatte noch nie eine Beziehung gehabt, und

Freundinnen gab es auch keine. Die Akne hatte Narben hinterlassen, sie fühlte sich dick und völlig unattraktiv.

Er studierte jetzt in der Großstadt, kam nur manchmal am Wochenende und in den Ferien zu Besuch zu den Eltern. Seit dem Tod des Vaters galt die Mutterliebe nur noch ihm. Er war ein Strahlemann geworden, gut aussehend und stets freundlich. Sie beneidete ihn, war eifersüchtig, sie hasste ihn. Machte ihn verantwortlich für ihr eigenes missglücktes Leben. Der Hass fraß sich in ihr fest und sie wurde von Rachegefühlen geplagt. Sie musste sich rächen, irgendetwas musste geschehen. Sie wusste nur noch nicht was und wie das passieren konnte. Sie war von diesen Rachegefühlen besessen. Schmiedete Pläne, suchte nach Möglichkeiten, ihn auszulöschen.

***

Frau Kommissarin Sabine Obermüller, sie hasste ihren Namen, war auf dem Weg nach Hause. Sie fuhr mit dem Rad, besaß bewusst kein Auto. Sie hatte ein altes Waffenrad, das sie lila bemalt hatte und das sie liebte. Damit fuhr sie alle ihre Wege. Sie lebte am Stadtrand in einem kleinen Holzhaus. Nach dem Tod ihres Vaters hatte sie einen Bauplatz geerbt. Diesen hatte sie verkauft und dafür dieses gemütliche, kleine Haus mit Garten gekauft. Hier fühlte sie sich wohl, sie lebte alleine. Verschiedene Beziehungen hatte sie durchlebt und war zu dem Schluss gekommen, dass es sich alleine am besten lebte. Kinder wollte sie bewusst keine, sie lebte für ihren Beruf und für ihre Freiheit.

Zuhause angekommen schaute sie nach der Post, dann ging sie unter die Dusche und zog bequeme Kleidung an. Anschließend machte sie sich einen Tee und drehte einen. Sie setzte sich auf die Terrasse und genoss ihren Feierabendjoint. Sie kiffte seit 30 Jahren. Jetzt war sie 54 und hatte keine Lust, damit aufzuhören. Natürlich durfte auf dem Kommissariat niemand davon etwas wissen. Da war nur das Feierabendbier gestattet. Dazu sagte niemand etwas. Das regte sie schon seit Jahren auf. Sie selbst trank keinen Alkohol, er schmeckte ihr nicht.

Nachher machte sie sich einen Salat, briet ein Stück Fleisch dazu und aß mit Genuss. Eigentlich wäre sie gerne Vegetarierin, doch sie schaffte es nicht. Brauchte ab und zu ein bisschen Fleisch oder Speck und Salami. Es schmeckte einfach zu gut. Anschließend rauchte sie noch einen und schaute nach ihren Pflanzen. Sie baute ihren Hanf in einem kleinen Glashaus mit Milchglasscheiben an. Er würde bald reif sein für die Ernte.

Sie saß noch lange draußen, der Herbst nahte und sie genoss diese letzten Abende auf der Terrasse. Als es kühl wurde, räumte sie die Küche auf und ging schlafen.

Es war nicht viel los bei der Arbeit im Moment. Ein paar Jugendliche, die ständig Blödsinn machten, Wände besprayten, Müllkübel anzündeten, kleine Diebstähle im Supermarkt machten. Dann eine demente Frau, die aus dem Altersheim abgängig war und die sie erst nach zwei Tagen fanden. Sonst war es im Moment ruhig in der Stadt.

***

Sie war zur Abwechslung am Sonntag zum Essen bei der Mutter eingeladen. Er war auch da und ließ sich bedienen, während sie der Mutter beim Abräumen half. Alle Gespräche drehten sich um ihn und um seine neue Freundin in der Großstadt. Sie ging bald wieder nach Hause, in ihr reifte ein Plan.

Er joggte jeden Sonntag gegen Abend auf dem Schlossbergweg. Dort würde sie ihm auflauern. Sie kannte die Strecke noch von früher, als man mit der Familie dort spazieren war. Sie machte sich früh genug auf den Weg, um genug Zeit zu haben und um ihn nicht zu verpassen. Sie quälte sich den steilen Weg hinauf und ging bis zum Aussichtspunkt. Dort setzte sie sich auf eine Bank und wartete auf ihn. Sonst waren zum Glück keine Spaziergänger auf dem Weg, das war ihr sehr wichtig, niemand durfte sie heute da oben sehen.

Pünktlich um 18.30 Uhr hörte sie ihn kommen. Er stoppte seinen Lauf, verwundert, sie hier oben anzutreffen. Sie log, dass sie hier öfters wanderte, und fragte, ob man ein Stück gemeinsam weitergehen könnte. Sie sprach mit ihm über das Haus, das man wohl gemeinsam erben würde, wenn die Mutter nicht mehr war, und fragte ihn nach seinen Plänen. Verwundert über ihre Freundlichkeit sprach er mit ihr die verschiedenen Möglichkeiten durch. Sie lief innen, er außen, und als sie an die Stelle kamen, wo der Weg nahe am Abgrund verlief, gab sie ihm völlig unerwartet einen starken Stoß. Er stolperte rückwärts, versuchte sich noch zu halten und stürzte über die Felsen hinunter. Ein lauter Schrei, ein dumpfer Aufprall und dann war alles still. Sie ging vorsichtig zur Abgrundkante und sah ihn unnatürlich verkrümmt unten auf dem Rücken liegen. So schnell sie konnte, lief sie den Weg zurück, stolperte den Steilweg hinunter zu ihrem Auto und fuhr nach Hause. Zitternd trank sie erstmal einen Schnaps. Es war getan. Der Hass in ihr hatte gesiegt, ihr war ganz schwindelig. Es würde nach

Selbstmord aussehen. Er war nicht der Erste, der dort runtergesprungen war. Sie musste sich jetzt beruhigen. Wie lange würde es dauern, bis er gefunden wurde? Egal, sie würde gewappnet sein, wenn die Polizei Fragen stellte, niemand hatte sie gesehen.

Später am Abend rief ihre Mutter an, weil Manfred nicht nach Hause gekommen war nach dem Joggen und weil sie sich Sorgen machte. Sie versuchte zu beruhigen und sagte, er wäre vielleicht gleich danach zurück in die Großstadt gefahren. Doch die Mutter ließ sich nicht beruhigen, er ging auch nicht an sein Handy. Sie würde die Polizei anrufen.

Mit einem etwas mulmigen, aber zufriedenen Gefühl ging sie ins Bett. Jetzt hieß es einfach mal abzuwarten, was geschah.

***

Sabine Obermüller radelte am Morgen gut ausgeruht zu ihrer Arbeitsstelle, sie holte noch Kipferln für ihre Mitarbeiter von der Bäckerei und betrat ihre Dienststelle. Bei der Morgenbesprechung erfuhr sie, dass am Vorabend eine Vermisstenanzeige eingegangen war. Eine verzweifelte Mutter hatte angerufen. Ihr erwachsener Sohn Manfred Walder, 28 Jahre alt, war nicht von seiner abendlichen Joggingrunde nach Hause gekommen. Da würden sie noch einen Tag zuwarten, wie es beim Verschwinden von Erwachsenen so gehandhabt wurde. Sonst war das Wochenende ruhig verlaufen, also gab es nicht viel zu tun, Zeit für Büroarbeit und zu schreibende Berichte. Sie genossen das zweite Frühstück und machten sich an die Arbeit.

***

Sie erwachte vom Klingelton ihres Handys. Die Mutter war wieder dran. Manfred war die ganze Nacht weggeblieben und ging nicht an sein Handy.

Die Polizei wollte noch abwarten, aber sie war ganz verzweifelt. Sie versuchte, die Mutter zu beruhigen, es gelang ihr nicht und sie beendete das Gespräch.

Es war ihr übel, sie hatte schlecht geschlafen. Was hatte sie da getan? Sie rief bei der Arbeit an und meldete sich krank. Eigentlich sollte sie sich doch jetzt besser fühlen, stattdessen stieg die Angst in ihr hoch. Was, wenn die Polizei nicht an einen Selbstmord glaubte? Das durfte nicht passieren. Die Auswirkungen ihrer Tat schlugen ihr auf den Magen. Sie ging zum Arzt und ließ sich ein paar Tage wegen Magenverstimmung krankschreiben. Der Hass auf ihn war in Angst verwandelt. Sie musste sich jetzt zusammenreißen und konnte nur abwarten, was passieren würde. Sie fühlte sich schrecklich.

***

Maria Huber ging wie jeden Tag nach Büroschluss mit ihrem Hund Max die Runde um den Schlossberg. Max war schon alt und trottete müde neben ihr her. Sie brauchte keine Leine, er war friedlich und betagt. Doch plötzlich blieb er stehen, knurrte und lief in den Wald Richtung Felswand. Sie rief ihn zurück, doch er gehorchte nicht, sondern bellte ein Stück weit entfernt laut. So folgte sie ihm durchs Dickicht. Als sie bei ihm ankam, erschrak sie fürchterlich. Da lag ein Mann und er war tot. Maria Huber rief die Polizei.

***

Kommissarin Obermüller war schon auf dem Weg nach Hause, als ihr Handy klingelte. Sie stoppte das Rad und nahm ab. Im Wald beim Schlossberg war eine männliche Leiche gefunden worden. Sie radelte zurück ins Präsidium und fuhr von dort mit den Beamten in die Nähe der Fundstelle. Der Pathologe war schon informiert worden und sie kamen gemeinsam an. Sie schlugen sich durchs Dickicht, die Frau am Telefon hatte den Fundort ziemlich genau beschrieben. So fanden sie schnell den Unfallort und die Leiche. Daneben stand eine sehr aufgelöste Frau mit einem alten Hund. Sie befragten sie nach dem Auffinden der Leiche. Sie erzählte ihnen von Max, der die Leiche entdeckt hatte. Sie habe nichts berührt und gleich angerufen. Sie nahmen ihre Personalien auf und verabschiedeten sie.

Der Pathologe untersuchte inzwischen die Leiche. Der Mann musste vom Schlossberg heruntergestürzt sein. Er war mit dem Kopf auf einen Stein aufgeschlagen und hatte sich wahrscheinlich das Genick gebrochen. Er war vermutlich sofort tot gewesen. Wieder einmal ein Selbstmörder? Sabine Obermüller hatte Zweifel an dieser Theorie. Er hatte nichts dabei, keinen Ausweis, kein Handy, und er trug Sportkleidung zum Joggen. Wer stürzte sich beim Joggen in den Tod? Und wenn, dann würde er auf dem Bauch liegen und nicht auf dem Rücken. Kein Selbstmörder sprang rückwärts. Sie würden die Absprungstelle oben untersuchen müssen.

Zunächst galt es, die Identität des Mannes herauszufinden. In einer Bauchtasche hatte er ein Getränk und einen Schlüsselbund, daran die Schlüssel für ein Auto. Sie schauten auf dem Wanderparkplatz nach und fanden das Auto. Sie gaben das Kennzeichen durch und forderten eine Halterabfrage an. Im Handschuhfach fanden sie eine Geldtasche mit einem Führerschein auf den Namen Manfred Walder und sein Handy. Das deckte sich mit der Vermisstenanzeige, die eine Frau Walder am Vortag gemacht hatte. Mit ziemlicher Sicherheit handelte es sich um diesen Mann. Sie würden die Frau aufsuchen und sie um eine Identifizierung bitten. Der Leichnam wurde in die Gerichtsmedizin gebracht und sollte dort obduziert werden.

***

Margit Walder wusste, dass etwas passiert sein musste. Niemals würde ihr Sohn sie so im Ungewissen lassen. Immer wenn er sonntags da war, kam er nach der Joggingrunde auf den Schlossberg nach Hause, um zu duschen und mit ihr zu Abend zu essen, bevor er wieder zum Studium in die Großstadt fuhr. Die Polizei glaubte ihr nicht, sie hatten sie vertröstet und sagten, bei Erwachsenen würde man mit der Vermisstenanzeige noch warten. Ihre Tochter meinte dasselbe, war ihr auch keine Hilfe, hatte Manfred sowieso nie gemocht.

So saß sie den ganzen Tag abwartend am Fenster. Sie war unfähig, sonst etwas zu tun.

Als gegen Abend ein Polizeiauto in die Einfahrt bog, bekam sie weiche Knie. Jetzt würde sie etwas Schreckliches erfahren. Zitternd ging sie zur Tür, um die Beamten zu begrüßen.

***

Sabine Obermüller ließ das Auto abholen, um es auf Spuren zu untersuchen. Dann informierte sie sich beim Präsidium über die Adresse von Frau Walder und fuhr mit einem Beamten hin. Sie klingelten und sofort wurde die Tür von einer blassen, nervösen Frau geöffnet. „Was ist passiert?", fragte die Frau, als ob sie eine Ahnung hätte. „Dürfen wir hereinkommen? Bitte setzen wir uns doch." Sie erzählten ihr vom Auffinden einer Leiche unterhalb des Schlossbergfelsens und vom Entdecken des Fahrzeugs. Sie meinten, dass es sich bei dem Mann höchstwahrscheinlich um ihren Sohn Manfred Walder handelte. Sie müssten sie leider zur Identifizierung in die Gerichtsmedizin fahren und ihr anschließend noch ein paar Fragen stellen.

Die Frau zitterte am ganzen Körper und willigte sofort ein mitzukommen. Sie fuhren los und Frau Walder identifizierte die Leiche als ihren Sohn. Sie erlitt einen Zusammenbruch und sie ließen sie ins Krankenhaus bringen. Die Befragung verschoben sie auf den nächsten Tag. Frau Walder gab ihnen noch die Handynummer und die Adresse ihrer Tochter Annelies Walder und bat darum, diese zu informieren.

Sie fuhren gleich im Anschluss dorthin. Eine Frau, die einen verbitterten, ängstlichen Eindruck machte, öffnete die Tür. Sie bat sie herein und Sabine Obermüller informierte sie über die Tatsache, dass ihr Bruder tot war. Annelies Walder reagierte betroffen und wollte gleich zur Mutter ins Krankenhaus fahren. Das Kriseninterventionsteam würde auch dort anwesend sein, sagten sie ihr.

Anschließend machte Frau Obermüller Feierabend für heute. Sie radelte nach Hause, machte sich was zu essen, duschte und kiffte draußen auf der Terrasse. Sie grübelte noch über den Fall und war überzeugt, dass das kein Selbstmord war. Sie würde am nächsten Tag bei den

Befragungen noch mehr erfahren. Sie ging früh zu Bett,
bemüht abzuschalten von ihrer Arbeit.

* * *

Sie erschrak fürchterlich, als es abends klingelte. Nie besuchte sie jemand, das musste die Polizei sein. Sie öffnete die Tür und bat sie herein. Eine Frau Obermüller
überbrachte ihr die Nachricht vom Tod ihres Bruders.
Sie gab sich betroffen und sagte, sie würde gleich ins
Krankenhaus zu ihrer Mutter fahren. Als die Beamten
weg waren, trank sie zuerst einen Schnaps, ihr war übel
und die Realität schien sie zu erschlagen. Sie hatte das
doch getan, damit es ihr besser ging, stattdessen fühlte
sie sich schrecklicher denn je. Dieser krankhafte Hass
hatte sie tatsächlich so weit getrieben. Die Polizei würde
noch viele Fragen stellen und sie würde lügen müssen.
Sie stopfte ihre Kleidung und ihre Turnschuhe, die sie
am Sonntag getragen hatte, in die Waschmaschine, sie
musste eventuelle Spuren beseitigen. Dann fuhr sie mit
dem Auto in die Waschanlage und spritzte die Reifen ab.
Was, wenn die Polizei aus irgendeinem Grund nicht an
einen Selbstmord glaubte? Sie würden in alle Richtungen nachforschen. Anschließend fuhr sie zu ihrer Mutter ins Krankenhaus.

Wie ein Häufchen Elend lag diese im Bett und sprach
mit einer Frau. Die stellte sich als Frau Mayer vom Kriseninterventionsteam vor. Sie tat wieder sehr betroffen,
doch der Hass brodelte wieder in ihr hoch. Wieder drehte sich alles nur um Manfred. Egal, wie das hier ausging,
niemand würde sie je verstehen oder besonders beachten.
Sie blieb nicht lange, der Arzt meinte, die Mutter brauche

jetzt Ruhe, also verließ sie gemeinsam mit dieser Frau Mayer das Krankenhaus. Diese wollte noch mit ihr mitkommen, um auch sie zu unterstützen, doch sie lehnte ab und sagte, sie wäre müde.

Zuhause kümmerte sie sich noch um die Wäsche und trank ein bisschen Wein. Sie fühlte sich etwas besser und wähnte sich in Sicherheit. Der Hass und die Eifersucht plagten sie noch über Manfreds Tod hinaus. Die Mutter würde ihr auch in Zukunft nicht mehr Beachtung schenken. Nie würde sie Manfreds Lücke auffüllen können. Sie ging ins Bett, konnte lange nicht einschlafen und träumte schlecht. Wie gerädert wachte sie am nächsten Morgen auf.

***

Margit Walder wachte im Krankenhaus auf und wusste erst nicht, wo sie war. Doch mit einem Schlag holte sie die Realität ein.

Manfred war tot, was war da geschehen? Sie wurde von einem Weinkrampf geschüttelt und bekam von der Ärztin Tropfen zur Beruhigung. Bald würden die Beamten hier sein, um ihre Fragen zu stellen. Niemals hatte Manfred Selbstmord begangen, da war sie sich sicher. Also was war passiert?

***

Sabine Obermüller sprach gleich am Morgen mit dem Pathologen. Es gab keine Spuren von Gewalteinwirkung. Aber unter den Fingernägeln waren Erde und Pflanzenspuren, so als hätte er sich noch festzuhalten versucht. Das war ein deutliches Zeichen, das gegen die Selbstmordtheorie sprach. Die Todesursache war der Aufprall mit dem Kopf auf einen Stein, wobei auch der Genickbruch passiert war. Die Obduktion würde heute durchgeführt werden. Die Ergebnisse würde sie spätestens morgen erhalten.

Dann sprach sie mit der Spurensicherung. Am und im Fahrzeug waren keine Spuren außer seinen eigenen zu finden. An der Absprungstelle und auf dem Weg waren zu viele Spuren, um etwas herauszufiltern. Auffallend waren nur zwei Fußspuren vorne an der Kante, so als ob jemand hinuntergeschaut hätte. Es waren Abdrücke von Turnschuhen in der Größe 37. Er hatte Schuhgröße 42 gehabt, von ihm stammten sie nicht. Das war hochinteressant und gleichzeitig verwirrend. Was war da oben geschehen?

Anschließend fuhr sie zu Frau Walder ins Krankenhaus. Die Ärztin erlaubte eine kurze Befragung. „Können Sie sich vorstellen, dass Manfred Selbstmord begangen hat? Ist Ihnen irgendetwas an ihm aufgefallen, was in diese Richtung zeigte?" Frau Walder verneinte das vehement. Ein lebensfroher Mensch sei er gewesen, bei allen beliebt. Er hatte keine Feinde. Das Studium stand kurz vor dem Abschluss, er hatte eine Freundin in der Großstadt. Sie gab ihr die Handynummer und die Adresse.

Frau Obermüller gab zu, dass auch sie ihre Zweifel an der Selbstmordtheorie hatte und versprach, in alle Richtungen zu ermitteln. Sie fragte noch, wo Frau Walder an jenem Abend gewesen war. „Zu Hause", war die Antwort, und niemand könne das bestätigen. Frau Obermüller glaubte ihr. Auf Anraten der Ärztin wurde die Befragung abgeschlossen. Frau Walder würde noch ein, zwei Tage im Krankenhaus bleiben.

Frau Obermüller fuhr zurück ins Präsidium, um sich mit ihren Mitarbeitern zu besprechen. Einer der Beamten sollte in die Großstadt fahren und die Freundin sowie Studienkollegen befragen. Sie selbst wollte nochmals mit dieser Annelies Walder, der Schwester des Opfers sprechen. Sie rief bei der Arbeitsstelle an und erfuhr, dass diese zu Hause war, weil sie krankgeschrieben war, und zwar komischerweise schon seit Montag, obwohl sie erst am Montagabend vom Tod ihres Bruders erfahren hatte. Also fuhr sie dorthin und wurde hereingebeten.

Annelies Walder machte einen nervösen Eindruck und zeigte sich auch dieses Mal schwer betroffen. Auch sie konnte sich schwer vorstellen, dass Manfred Selbstmord begangen hatte, wobei das ja oft vorkomme, so unerwartet, man könne nicht in einen Menschen hineinschauen. Sie habe auch nicht viel Kontakt mit ihm, traf ihn nur einmal im Monat beim sonntäglichen Mittagessen bei der Mutter. So auch letzten Sonntag. Nachher sei sie zu Hause gewesen, wobei das niemand bestätigen könne. „Wie war die Beziehung zu Ihrem Bruder?" „Er war halt immer der kleine Bruder, wir hatten nicht viel Kontakt." Frau Obermüller fragte noch nach ihrer Schuhgröße. „37, wieso wollen Sie das wissen?" „Nur so ein Detail am Rande." Dann verabschiedete sie sich und beachtete noch die Schuhe im Gang, da waren keine Sportschuhe zu sehen.

Irgendwie kam ihr diese Frau komisch vor, die versuchte doch, irgendetwas zu verheimlichen. Andererseits konnte sie sich so eine Kaltblütigkeit nicht bei ihr vorstellen. Sie würde dies mit ihren Kollegen im Büro besprechen.

Jetzt fuhr sie zur Arbeitsstelle von Frau Annelies Walder. Dort beschrieb man sie als zuverlässige Mitarbeiterin, vielleicht manchmal etwas launisch. Aber Frau Walder arbeite schon seit ihrer Lehre in ihrem Betrieb.

Frau Obermüller radelte zurück ins Präsidium, sie hatte eine Besprechung für 17.00 Uhr angesagt.

***

Ihr war heiß und kalt zugleich. Eine riesige Angst breitete sich in ihr aus. Diese Polizistin glaubte nicht an Selbstmord. Und wieso wollte sie ihre Schuhgröße wissen? Hatte sie doch Spuren hinterlassen? Das durfte nicht sein, sie hatte doch an alles gedacht. Sie musste zur Mutter ins Krankenhaus und nachforschen, was diese wusste.

Margit Walder erzählte ihrer Tochter, dass die Polizei sie befragt hatte und anscheinend nicht an Selbstmord glaubte. Annelies fragte ihre Mutter, was denn sonst passiert sein könnte. Darauf wusste diese auch keine Antwort. Ihr wurde übel. Sie holte sich ein Wasser und setzte sich noch eine halbe Stunde zur Mutter und versuchte zu trösten und freundlich zu sein. Dann kam jemand vom Kriseninterventionsteam und sie verabschiedete sich.

Sie fuhr nach Hause und war sehr unruhig. Sie durfte jetzt keine Fehler machen, musste weiterhin die trauernde Schwester spielen. Hoffentlich hatte noch niemand Verdacht geschöpft. Sie fühlte sich schrecklich. Bis über den Tod hinaus brachte dieser Scheißbruder nur Schwierigkeiten. Der Hass brach wieder in ihr durch. Sie musste das verdrängen, durfte ja nicht auffallen. Diese Polizistin konnte jederzeit wiederkommen.

***

In Frau Margit Walder keimte ein schrecklicher Gedanke, den sie sofort wieder zu verdrängen versuchte. Was, wenn ihre Tochter Annelies etwas damit zu tun hatte? Annelies hatte ihren Bruder nie wirklich geliebt, war seit seiner Geburt schrecklich eifersüchtig gewesen. Sie hatten dabei wahrscheinlich als Eltern Mitschuld daran. Manfred war von Beginn an ein Sonnenschein, Annelies immer schwierig gewesen. Sie hatten sie zu wenig beachtet, sie hatte immer im Schatten ihres Bruders gestanden. Trotzdem war dieser Gedanke so schlimm, das durfte einfach nicht sein. Annelies hatte sie gerade besucht und war im Moment so freundlich und mitfühlend wie noch nie. Hatte sie ein schlechtes Gewissen? Margit erschrak bei diesen Gedanken, die begannen, sich in ihr festzukrallen, sich nicht verdrängen ließen.

Morgen würde sie aus dem Krankenhaus entlassen werden. Diese Kommissarin wollte noch Manfreds Zimmer durchsuchen und sie musste ja das Begräbnis organisieren. Die netten Leute vom Kriseninterventionsteam würden ihr dabei helfen. Vielleicht half Annelies ja auch. Margit wurde wieder und wieder von Weinkrämpfen geschüttelt. Alles war wie ein schrecklicher Alptraum.

***

Um 17.00 Uhr trafen sich alle im Besprechungszimmer. Die Obduktion hatte nichts ergeben. Kein Alkohol, keine

Drogen im Blut, keine versteckten Krankheiten. Manfred Walder war ein gesunder, sportlicher junger Mann gewesen. Sabine Obermüller informierte noch über die Ergebnisse der Spurensicherung. Im Auto waren keine Spuren zu sichern gewesen. Die Erde und Pflanzenreste unter seinen Fingernägeln und der Schuhabdruck bei der Absturzstelle waren wichtig. Sie berichtete auch über die Gespräche und über das komische Gefühl, das Frau Annelies Walder bei ihr hervorrief. Der Kollege, der in der Großstadt war, berichtete, dass er mit der Freundin des Opfers und mit Studienkollegen gesprochen hatte. Niemand dort konnte sich einen Selbstmord vorstellen. Alle beschrieben Manfred Walder als lebenslustigen jungen Mann, der kurz vor dem Abschluss des Studiums stand. Er hatte auch seine Wohnung durchsucht und seinen Computer und das Handy gecheckt. Keine Anzeichen auf einen Selbstmordversuch, kein Abschiedsbrief und auch sonst keine Bedrohungen wurden gefunden. Auch nichts Auffallendes auf seinem Handy, nur ganz normale Freundschaftskontakte und Kontakte mit seiner Mutter. Alle schienen diesen Manfred Walder gemocht zu haben. Alle waren schockiert über seinen Tod.

Sie wussten nicht weiter, keiner glaubte inzwischen an Selbstmord. Frau Obermüller würde am nächsten Tag noch das Zimmer von Manfred im Elternhaus durchsuchen und nochmals mit Frau Margit Walder reden. Außerdem wollten sie die Schwester Annelies Walder zu einem Gespräch ins Präsidium vorladen. Sie hatten sonst keine Spur. Sie machten Feierabend und würden am nächsten Tag weitermachen und sich besprechen.

Frau Obermüller radelte nach Hause. Auf dem Heimweg kaufte sie noch Lebensmittel ein. Sie duschte, zog bequeme Kleidung an und kiffte einen. Diese Annelies

Walder ging ihr nicht aus dem Kopf. Nach dem Abendessen und einem weiteren Joint zur Entspannung begann sie mit der Hanfernte, um sich abzulenken. Sie hatte in der Garage Wäscheleinen gespannt, dort hängte sie die Pflanzen kopfüber auf, um zu trocknen. Dann warf sie die übriggebliebenen Stängel und Wurzeln auf den Komposthaufen. Die Arbeit tat ihr gut. Sie las noch ein bisschen auf der Terrasse und ging früh zu Bett.

Am Morgen radelte sie ins Präsidium und ordnete die Fakten an der Pinnwand. Anschließend fuhr sie zu Frau Margit Walder, die wieder zu Hause war. Sie schaute sich gründlich im Zimmer von Manfred um, fand aber nichts Interessantes. Dann befragte sie Frau Walder nach der Beziehung ihrer beiden Kinder zueinander. Annelies habe ihren Bruder nur schwer akzeptieren können, war immer eifersüchtig, habe sich benachteiligt gefühlt. Die beiden wären so unterschiedlich gewesen. Annelies das schwierige Kind, Manfred der Sonnenschein. Sie berichtete Frau Walder noch, dass sie inzwischen nicht mehr an Selbstmord glaubten und auch nicht an einen Unfall.

„Also glauben Sie an Mord", schluchzte Frau Walder. „Wer würde so etwas tun? Manfred war überall beliebt, er hatte keine Feinde", ergänzte sie. „Bitte finden Sie den Mörder", bat sie weinend. Frau Obermüller versprach ihr Bestes zu tun, um den Fall zu lösen, und informierte, dass der Leichnam jetzt von der Gerichtsmedizin freigegeben war. Dann verabschiedete sie sich und radelte ins Präsidium. Frau Annelies Walder wurde für 15.00 Uhr zum Gespräch vorgeladen. Was Frau Walder über ihre Tochter erzählt hatte, passte ins Bild.

***

Man hatte sie angerufen und zu einem Gespräch vorgeladen. Ihr wurde ganz schwummrig bei dem Gedanken daran. Hatten sie einen Verdacht? Die Angst überfiel sie. Sie musste jetzt stark bleiben und die trauernde Schwester spielen. Sie durfte keinen Fehler machen. Endlos zog sich die Zeit dahin. Sie telefonierte noch mit ihrer Mutter, diese verhielt sich etwas seltsam und bat sie, am Abend vorbeizukommen, um das Begräbnis zu organisieren. Sie versprach es, dies würde ein langer Tag werden. So viel Unangenehmes und alles wegen ihm. Der Hass flammte auf. Den musste sie jetzt verdrängen. Endlich war es soweit und sie fuhr ins Polizeipräsidium.

***

Sabine Obermüller wartete bereits im Büro als Annelies Walder kam. Die Frau machte einen betroffenen, nervösen Eindruck. Wollte wissen, weshalb man sie herbestellt hatte. „Wir haben noch einige Fragen. Wann haben Sie ihren Bruder zuletzt gesehen?" „Am letzten Sonntag beim Mittagessen bei der Mutter, das hab ich ja bereits erzählt", war die leicht aufmüpfige Antwort. „Beantworten Sie einfach unsere Fragen", forderte Frau Obermüller auf. „Wann sind Sie gegangen und wo waren Sie im Anschluss?" „Ich ging ca. um 14.00 Uhr nach Hause, wo ich dann den ganzen Tag war. Allerdings kann das niemand bestätigen, ich bin niemandem begegnet." „Wir werden das Alibi überprüfen. Wie war Ihr Verhältnis zu ihrem Bruder?" „Er war halt der kleine Bruder. Wir haben uns nur selten gesehen." „Ihre Mutter sagte, Sie wären eifersüchtig auf ihren Bruder gewesen." „Als Kinder ja, aber das spielt doch jetzt im Erwachsenenalter keine Rolle mehr." „Ist Ihnen beim letzten Treffen irgendetwas aufgefallen an Ihrem Bruder? War er anders als sonst?" „Nein, er war wie immer freundlich, höflich und gut gelaunt. Aber man kann ja in keinen Menschen hineinschauen. Das ist ja oft so bei Selbstmördern, dass es völlig unerwartet geschieht."

„Das wäre im Moment alles. Halten Sie sich zu unserer Verfügung. Wir melden uns."

Frau Obermüller verabschiedete Annelies Walder und besprach sich mit ihren Kollegen. Diese Frau Walder war im ganzen Umfeld die Einzige, die an Selbstmord glaubte. Sie würden morgen die Nachbarn im Wohnblock befragen. Vielleicht hatte ja jemand etwas gesehen am letzten Sonntag. Für heute wollten sie Schluss machen.

Sabine Obermüller radelte nach Hause und versuchte sich abzulenken. Sie mähte den Rasen und schnitt die Sträucher zurück. Dann saß sie nach dem Essen in eine Wolljacke und Decke gekuschelt noch lange draußen. Diese Annelies Walder ging ihr nicht aus dem Kopf, eine sonderbare Person war das.

***

Sie fuhr zu ihrer Mutter, nachdem sie bei der Polizei war. Die Mutter hatte sie gebeten, ihr bei den Begräbnisvorbereitungen zu helfen. Eine Frau von der Pfarre war auch anwesend. Sie stellten die Todesanzeige zusammen und schickten sie an die lokale Presse und an die Druckerei. Dann schrieben sie einen kurzen Lebenslauf. Die Mutter wurde immer wieder von Weinkrämpfen geschüttelt. Sie gab sich verständnisvoll und tröstend, aber die Mutter war irgendwie distanziert. Sie würde doch nicht Verdacht schöpfen? Ihr wurde heiß bei dem Gedanken. Bei der Polizei war's auch komisch gewesen. Diese Frau Obermüller glaubte anscheinend auch nicht an Selbstmord. Sie wollten das Alibi überprüfen und wahrscheinlich die Nachbarn befragen. Hoffentlich hatte sie niemand am Sonntag wegfahren oder nach Hause kommen gesehen.

Sie verabschiedete sich von der Mutter, als alles getan war. Zuhause trank sie einen Schnaps. Ihr war ganz mulmig. Sie musste vorsichtig sein und hoffte, die richtigen Antworten gegeben zu haben. War sie trotz allem verdächtig? Das durfte nicht sein. Morgen würde sie wieder arbeiten gehen. Sie musste sich möglichst normal verhalten.

***

Margit Walder wunderte sich über ihre Tochter. Sie hatte ihr bei den Begräbnisvorbereitungen geholfen und war freundlich und verständnisvoll gewesen. Trotzdem wurde sie diesen schrecklichen Verdacht nicht los. Das durfte einfach nicht sein, das wäre zu fürchterlich. Alles war so schwer im Moment, sie würde sich am liebsten irgendwo verkriechen, aber das Leben musste weitergehen. Sie zwang sich, etwas zu essen, nahm ihre Beruhigungstropfen und legte sich früh hin. Vielleicht fand sie ja etwas Schlaf, sie würde die nächste Zeit viel Kraft brauchen.

***

Frau Obermüller schickte gleich in der Früh zwei Beamte zum Wohnblock, wo Annelies Walder wohnte, um die Nachbarn zu befragen. Sie selbst ging nochmals die

Fakten auf der Pinnwand durch. Sie hatten nichts außer dieser dubiosen Schwester, sie würden sie nochmals herbestellen müssen.

Die Beamten kamen von der Befragung zurück. Sie hatten einige Mieter nicht angetroffen, andere hatten nichts bemerkt, aber eine ältere Frau im Erdgeschoss habe gesehen, wie Annelies Walder am Sonntag am frühen Abend nochmal weggefahren sei. Sie wusste das so genau, weil Annelies Walder sonst nie gegen Abend weg war. Wann sie nach Hause gekommen war, konnte sie nicht sagen, sie habe ferngesehen.

Das hieß, Frau Annelies Walder hatte zur Tatzeit kein Alibi. Die Zeit passte auch zum ungefähren Todeszeitpunkt, den der Pathologe genannt hatte.

Frau Obermüller besprach die Fakten mit dem Staatsanwalt. Dieser stimmte einem Durchsuchungsbeschluss und der vorläufigen Festnahme von Frau Walder zu.

Sie holten sie von der Arbeitsstelle ab, nachdem sie zu Hause nicht anzutreffen war, und fuhren mit ihr nach Hause. Sie durchsuchten die Wohnung, Frau Walder verhielt sich verwundert, aber ruhig. Sie fanden ein Paar blitzsaubere Turnschuhe in Größe 37, die zu den Abdrücken an der Absturzstelle passen konnten. „Sind die neu?", fragte Sabine Obermüller. „Nein, frisch gewaschen", rutschte Annelies heraus. Sie erschrak selbst über diese Antwort. „Wir müssen Sie mitnehmen, Sie sind dringend tatverdächtig." Kleinlaut und betroffen ließ sich Frau Walder abführen.

Sie wurde in Untersuchungshaft genommen. Die Turnschuhe passten perfekt zu den genommenen Abdrücken an der Absturzstelle und sie wurden gereinigt, um Spuren zu verwischen. Dazu kam das nicht bestätigte Alibi.

Sie konfrontierten Annelies Walder mit diesen Fakten beim Verhör. Die gab sich abweisend und äußerte sich nicht. So kamen sie nicht weiter. Sie würden sie in ihrer Zelle schmoren lassen und jeden Tag verhören.

Frau Obermüller radelte beim Nachhauseweg noch bei Frau Margit Walder vorbei und informierte diese über die Verhaftung ihrer Tochter. Sie fragte auch, ob sie sich so eine Tat bei Annelies vorstellen konnte. Frau Walder war schockiert, musste aber zugeben, dass ihr selber auch schon dieser schreckliche Verdacht gekommen war. Verwirrt ließ Sabine Obermüller die Frau zurück und radelte nach Hause.

Sie genoss den Feierabend, duschte und setzte sich zum Feierabendjoint auf die Terrasse. Dann räumte sie ein bisschen auf und kochte sich was Gutes. Sie machte Feuer in der Feuerschale und ließ die Gedanken wandern, versuchte sich vom Job abzulenken. Es gelang ihr nur zum Teil. Sie kiffte noch einen und legte sich ins Bett. Sie hatte einen guten Schlaf und erholte sich dabei.

***

Margit Walder blieb verwirrt zurück nach dem Besuch der Kommissarin. Der Alptraum wurde immer schlimmer. Sie würde beide Kinder verlieren, denn falls Annelies die Täterin war, hätte sie auch keine Tochter mehr. Das würde sie ihr nie verzeihen können. Noch war es nicht bewiesen, doch Annelies war schon in Untersuchungshaft. Ihr Leben war schrecklich geworden. Sie weinte lange. Dann zwang sie sich, etwas zu Abend zu essen, setzte sich auf den Balkon und starrte ins Leere. Die Gedanken wirbelten durch ihren Kopf. Sie nahm ihre Beruhigungstropfen und ging früh zu Bett. Sie hatte keine Kraft mehr.

***

Sie saß in ihrer Zelle. Wie hatte das passieren können? Sie war sich so sicher gewesen, mit der Selbstmordtheorie durchzukommen. Sicher hatte die Alte im Erdgeschoss ihr Alibi gekippt, hatte wahrscheinlich wieder die ganze Zeit aus dem Fenster geschaut. Sie hatte so darauf geachtet, von niemandem gesehen zu werden. Und dann kam der blöde Fehler mit den Turnschuhen. Sie war zornig über sich selbst und der Hass auf ihn kochte in ihr. Sie hatte sich alles so einfach vorgestellt. Bis über den Tod hinaus machte dieser Scheißbruder ihr Schwierigkeiten. Jetzt wusste sie nicht, wie sie sich verhalten sollte. Wusste nicht, wie sie aus dieser Situation wieder rauskam. Erstmal wollte sie schweigen, um Zeit zu gewinnen. Oder war ein Geständnis besser, weil vielleicht strafmindernd? War es nicht sowieso unausweichlich?

Sie lief in der Zelle auf und ab, um ihren Zorn und die Gedanken etwas zu bändigen. Dann kam das Abendessen. Nachher legte sie sich auf die Pritsche und die Gedanken wirbelten weiter. So würde sie bald mürbe werden, das war wahrscheinlich die Absicht dahinter. Ob die Mutter schon Bescheid wusste, hatte die nicht eh schon Verdacht geschöpft? Sie war schon beim letzten Besuch eher abweisend gewesen. Sie hatte sich das mit der Trauer erklärt. Würde die Mutter als Zeugin befragt werden? Und traute sie ihr das zu? Sie hatte ihre Eifersucht und ihren Hass zu sehr durchscheinen lassen. Auch das war ein Fehler gewesen. Ihr Leben schien ein einziger Fehler zu sein.

Sie grübelte lange und konnte erst spät einschlafen.

Als sie am Morgen aufwachte, musste sie sich zuerst orientieren. Dann kam die Realität mit einem Schlag auf sie zu. Sie wusch sich und zog sich an. Nachher kamen das Frühstück und das Warten auf das nächste Verhör-Da kam eine Anwältin, um sie zu vertreten. Sie wusste nicht, wie sie sich verhalten sollte. Die Anwältin machte sie auf die Fakten aufmerksam und riet ihr zu einem Geständnis, falls sie ein Verbrechen begangen habe. Das würde sich strafmildernd auswirken. Ein Gerichtspsychiater würde sie noch auf Zurechnungsfähigkeit prüfen. Die Anwältin sollte von jetzt an bei Verhören anwesend sein. Das nächste Verhör sollte um 14.00 Uhr stattfinden.

Jetzt war sie wieder allein und die Gedanken wirbelten nur so durch ihren Kopf. Musste sie tatsächlich die nächsten Jahre hinter Gittern verbringen oder in einer Anstalt für geistig abnorme Täter? Sie konnte nicht mehr über ihr Schicksal entscheiden, das taten ab jetzt andere. Sollte sie die Tat schon heute gestehen?

***

Sabine Obermüller frühstückte ausgiebig und machte sich auf den Weg zur Arbeit. Sie wollten um 9.00 Uhr nochmals eine Besprechung abhalten und alle Fakten prüfen. Es war eindeutig, dass Annelies Walder etwas mit der Sache zu tun hatte. Frau Margit Walder war auf 10.00 Uhr zu einer nochmaligen Befragung vorgeladen. Sie holten die arme, verwirrte Frau ab. Sie befragten sie nochmals zu den Abläufen am Sonntag. Unter Tränen gab Frau Walder Auskunft. Auf die Frage, ob sie ihrer Tochter so eine Tat zutrauen würde, sagte sie wieder, dass ihr selbst schon der Gedanke gekommen war. Dann brachten sie die verzweifelte Frau nach Hause und baten erneut das Kriseninterventionsteam um Hilfe.

Nach dem Mittagessen bereitete sich Sabine Obermüller auf das Verhör vor.

Annelies Walder wurde ins Verhörzimmer gebracht, wo schon die Anwältin wartete. Sie überraschte Frau Obermüller, indem sie sagte, sie wolle ein Geständnis ablegen. Annelies Walder erzählte, wie sie am Sonntag zum Wanderparkplatz fuhr und auf den Schlossberg stieg. Wie sie beim Aussichtspunkt auf der Bank auf ihn gewartet hatte. Wie überrascht er gewesen war, sie dort oben zu treffen. Wie sie ein Stück gemeinsam gewandert waren und über die Mutter und das Haus geredet hatten. Und wie sie ihm dort, wo der Weg nahe dem Abgrund verlief, unerwartet einen starken Stoß gegeben hatte. Wie er gestrauchelt und schließlich gestürzt war. Sie erzählte von dem Schrei und von der plötzlichen Stille und wie sie vorm Abgrund stand, hinunterschaute und ihn unten liegen sah. Sie berichtete, wie sie wieder hinunterlief und nach Hause fuhr. Sie bemerkte, wie sie sich erhoffte, dass alles wie ein Selbstmord aussehen würde. Frau Walder sprach dies alles wie ein Roboter, völlig emotionslos. Auf die Frage, ob sie die Tat bereue, gab sie keine Antwort und zuckte nur mit den Schultern.

Nachdem alles ausgesprochen war, wurde Frau Walder wieder in ihre Zelle gebracht. Dort würde sie bis zur Gerichtsverhandlung bleiben. Jetzt hatten die Gerichte zu entscheiden. Für Frau Obermüller war der Fall abgeschlossen. Sie gab um 17.00 Uhr noch eine Pressekonferenz, dann bedankte sie sich bei ihren Mitarbeitern und radelte nach Hause ins verdiente Wochenende.

Am nächsten Tag nahm sie noch am Begräbnis von Manfred Walder teil. Frau Margit Walder tat ihr Leid, wie sie da in Begleitung einer jungen Frau, wahrscheinlich der Freundin ihres Sohnes, am Grab stand. Sie hatte ihre beiden Kinder verloren.

***

Annelies Walder fühlte sich befreit, jetzt nachdem sie alles gestanden hatte. Es war die einzige Option gewesen, nachdem niemand an einen Selbstmord geglaubt hatte. Ein Geständnis würde sich gut machen bei der Gerichtsverhandlung, hatte ihr die Anwältin versichert. Aber bereuen tat sie nichts. Was hatte sie schon zu verlieren? Ihr eintöniges Leben? Darum war es nicht schade. Und endlich war dieser Scheißsuperbruder aus ihrem Leben verschwunden. Fast bereute sie es, so lange gewartet zu haben. An ihre Mutter dachte sie dabei nicht, die würde ihr das nie verzeihen, würde weiterhin nur eines ihrer Kinder lieben, auch wenn es tot war. Für Mutter gab's nur Manfred, das war schon immer so gewesen. Auf diese Beziehung zur Mutter konnte sie gut verzichten und der Gang zu seinem Begräbnis wurde ihr so auch erspart.

***

Frau Margit Walder kam nach dem Begräbnis nach Hause. Sie war völlig fertig. Ein Totenmahl hatte es keines gegeben, sie hatte keine Kraft dazu gehabt, etwas zu organisieren. Es war so schlimm gewesen, das Liebste in ihrem Leben zu beerdigen. Und das schlimmste war, dass Annelies dies getan hatte.

Sie zog sich bequeme Kleidung an, machte sich einen Tee und schrieb einen langen Brief an Annelies. Schrieb ihre Bestürzung auf, ihre Enttäuschung und ihre Wut. Schrieb, dass sie ab jetzt keine Tochter mehr hatte, dass sie ihr niemals verzeihen konnte und keinen Kontakt mehr wollte. Das Schreiben tat ihr gut, sie hatte an diesem Tag schlagartig beide Kinder verloren. Es war ihr unverständlich, wie man so sehr hassen konnte, dass man so etwas tat. Den eigenen Bruder in den Tod stieß. Sie musste das geplant haben. Fast wäre Annelies mit der Selbstmordtheorie davongekommen. Ein abgründiger Plan, den ihre Tochter hier ausgeführt hatte. Den Brief würde sie bei der Polizei abgeben.

Nach dem Schreiben legte sie sich hin, jetzt war sie ganz allein. Alles Bunte, Schöne war aus ihrem Leben verschwunden. Sie wusste nicht, wie sie so weiterleben konnte.

* * *

Sabine Obermüller läutete das Wochenende ein, indem sie einen Hanfkeks aß. Sie zog sich um nach der Beerdigung, machte Kaffee und kiffte einen. Es war ein schöner Herbsttag und sie beschloss, sich um ihre Ernte zu kümmern. Sie holte die Pflanzen aus der Garage und trug sie auf die Terrasse. Hinten hatte sie keine direkten Nachbarn, konnte also ungesehen arbeiten. Sie trennte die Blüten von den Stängeln ab und verstaute sie in Gläsern. Zwischendurch machte sie ein Feuer, grillte ein Stück Fleisch und aß einen Salat dazu. Zum Nachtisch rauchte sie und entfachte erneut das Feuer. So war die Arbeit gemütlicher. Die Gläser verstaute sie im kleinen

Dachboden in einer alten Kiste. Dann tat sie die Blätter und Blüten in einen Topf, füllte Wasser auf und gab Butter dazu. Das ließ sie den ganzen Nachmittag köcheln. Inzwischen verhäckselte sie die Stängel und warf alles auf den Kompost. Sie kehrte die Garage aus. Gegen Abend siebte sie das Grünzeugab und füllte die Flüssigkeit in einen Eimer. Im Keller würde es abkühlen und die Butter würde sich oben sammeln. So bekam sie eine gute Hanfbutter, um Kekse oder Kuchen zu backen. Die Blätter und Blüten landeten auf dem Kompost. Als alles erledigt war, lüftete sie das Haus durch, alles roch nach Hanf. Dann aß sie zu Abend und setzte sich zum Feuer. Mit einer Decke saß sie noch lange draußen und kiffte. Ihre Gedanken kehrten nochmals zurück zu diesem kaltblütigen Mord. Diese Annelies Walder würde mit dieser reuelosen Einstellung einige Jahre aufgebrummt bekommen. Sie würde noch die Abschlussberichte schreiben, dann war der Fall für sie abgeschlossen. Sie freute sich, so konnte sie das Wochenende unbeschwert genießen. Für den nächsten Tag hatte sie eine Wanderung geplant.

RACHE

Sabine Obermüller radelte gut ausgeruht vom Wochenende zur Arbeit. Sie hatte ihre Hanfernte eingebracht, hatte eine kleine Wanderung gemacht und Hanfkekse gebacken.

Wie jeden Montag holte sie in der Bäckerei Gebäck für die 9-Uhr-Besprechung. Dort erfuhr sie, dass am Samstagabend eine Vermisstenanzeige eingegangen war. Ein 48-jähriger Mann war vom Pilzesuchen nicht nach Hause gekommen. Seine Frau hatte angerufen. Sie hatten schon am Sonntag gemeinsam mit der Bergrettung gesucht, hatten sein Auto auf dem Wanderparkplatz gefunden, sonst war die Suche ergebnislos gewesen. Die Frau hatte ihnen den Parkplatz und das Auto beschrieben. Das Gebiet war einfach zu weitläufig. Sie würden heute nochmals eine Suchaktion starten und die Wälder auf den Hügeln in Stadtnähe durchforsten.

Plötzlich klopfte es und der Beamte vom Telefondienst berichtete von einem Leichenfund in eben diesen Wäldern. Ein älteres Ehepaar war beim Pilzesuchen auf die Leiche gestoßen. Sie würden dort warten, bis die Einsatzkräfte kamen.

Sie unterbrachen die Besprechung, informierten die Bergwacht und fuhren zum angegebenen Parkplatz. Dank Handyortung und GPS-Daten fanden sie den Fundort rasch. Da lag ein Mann und ein Pfeil steckte in seinem Rücken. „Wie beim Ötzi", rutschte einem der Beamten heraus. Das war wirklich sehr sonderbar.

Sie befragten das Ehepaar, das die Leiche so vorgefunden hatte und nichts angerührt hatte. Sie nahmen die Personalien auf, verabschiedeten die beiden und warteten auf die Spurensicherung und den Pathologen. Der Mann hatte nur einen Schlüsselbund, ein Taschenmesser und einen Sack mit Steinpilzen und Pfifferlingen bei sich. Es könnte sich um den vermissten Mann handeln. Die Suchaktion wurde abgesagt.

Die Spurensicherung suchte die nähere Umgebung nach Spuren ab. Der Pathologe schätzte den Todeszeitpunkt auf ungefähr Samstagnachmittag.

Sabine Obermüller und ihr Team wanderten zurück zum Wanderparkplatz und fanden das Auto des Vermissten. Im Auto fanden sie einen Führerschein und einen Ausweis auf den Namen Georg Hopfner. Das war die vermisste Person. Sie würden gleich zu dieser Frau Hopfner fahren.

***

Herbst war Pilzesuchzeit. Sie beide liebten dieses Hobby und aßen sehr gerne Pilze. Früh am Montagmorgen brachen sie auf. Sie stellten das Auto beim Wanderparkplatz ab und liefen los in den Wald. Sie gingen kreuz und quer durch den Wald, blieben aber immer zusammen, wollten sich nicht verlieren in dem großen Wald. Er hatte eine gute Orientierung und fand immer wieder zurück auf einen der vielen Wege.

Plötzlich blieb Frau Fitz stehen und stieß einen Schrei aus. Herr Fitz blieb stehen und eilte herbei, sie hatte eine

Leiche gefunden. Vor ihnen lag ein Mann, dem ein Pfeil aus dem Rücken ragte. Sie blieben auf Abstand und Herr Fitz telefonierte sofort mit der Polizei. Sie warteten auf einem Baumstumpf sitzend auf die Einsatzkräfte. Sie nahmen beide einen Schluck Schnaps aus dem Flachmann, den sie immer bei Ausflügen mit dabei hatten. Frau Fitz war ganz schockiert und zittrig.

Als die Beamten kamen, beantworteten sie alle Fragen und schilderten das Auffinden der Leiche. Man nahm ihre Personalien auf, dann konnten sie endlich gehen. Sie steuerten den Parkplatz an. Die Lust aufs Pilzesuchen war ihnen für heute vergangen und sie fuhren nach Hause.

***

Frau Hopfner richtete das Frühstück für die Kinder und schickte sie zur Schule. Sie selbst hatte sich frei genommen von ihrer Arbeit im Büro. Sie fand keine Ruhe, Georg war nach dem Pilzesuchen nicht nach Hause gekommen. Sie hatte noch am selben Abend die Polizei informiert. Gestern hatten sie überall gesucht, aber nichts gefunden. Für heute war wieder eine Suchaktion angesagt. Sie konnte nur warten. Da musste etwas passiert sein. Als es klingelte, erschrak sie, das konnte nur die Polizei sein.

***

Sabine Obermüller klingelte bei Familie Hopfner. Eine Frau öffnete die Tür, stellte sich als Susanne Hopfner vor und bat sie herein. „Was ist passiert?", fragte Frau Hopfner nervös. „Setzen wir uns doch. Wir müssen Ihnen eine traurige Nachricht überbringen. Wir haben eine männliche Leiche im Wald gefunden und gehen davon aus, dass es sich dabei um Ihren Mann handelt. Sie müssten uns begleiten, um ihn zu identifizieren", sprach Frau Obermüller behutsam. „Wie ist das passiert?", wollte die Frau wissen. „Wir gehen von Mord aus, ihm wurde mit einem Pfeil in den Rücken geschossen. Genaueres wissen wir noch nicht", antwortete Frau Obermüller. Frau Hopfner begann leise zu weinen und zitterte. „Wie soll ich das unseren Kindern sagen?", fragte sie unter Tränen. „Haben Sie jemanden, den Sie anrufen können, der Sie unterstützen kann?", wollte die Kommissarin wissen. „Ich rufe meine Mutter an", sagte Frau Hopfner und tat das sogleich. Stockend und unter Tränen schilderte sie ihrer Mutter die Situation. Diese versprach, sofort loszufahren, dann wäre sie in einer Stunde hier. Sabine Obermüller verständigte das Kriseninterventionsteam und sie fuhren mit Frau Hopfner zur Gerichtsmedizin. Dort identifizierte Susanne Hopfner ihren Mann Georg, der bereits in die Pathologie gebracht worden war. Eine Frau vom Kriseninterventionsteam kümmerte sich um Frau Hopfner und begleitete sie nach Hause. Frau Obermüller würde am nächsten Tag wieder zu ihr fahren, um weitere Fragen zu stellen.

Sabine Obermüller beriet sich mit ihren Kollegen. Die Spurensicherung hatte im Wald keine Spuren sichern können. Es befanden sich auch keine Fingerabdrücke auf dem Pfeil. Der Pfeil gehörte zu einem Langbogen, ermittelten sie im Internet. Sportbogenpfeile waren kürzer. Das war eine sehr ungewöhnliche Tatwaffe. Der Täter musste angeschlichen sein und dann zielgerichtet diesen präzisen Schuss abgegeben haben. Die Distanz war nicht allzu groß gewesen. Der Pfeil hatte das Herz durchbohrt. Der Schuss war tödlich gewesen. Es musste sich um einen Bogenschützen handeln, der auch was von Anatomie und vom Jagen verstand. Das würde eine schwierige Ermittlung werden, da waren sich alle einig. Sie besprachen das weitere Vorgehen für den nächsten Tag und machten für heute Schluss.

Sabine Obermüller radelte nach Hause. Auf dem Weg kaufte sie noch ein. Sie duschte und zog sich um, dann rauchte sie genüsslich einen Feierabendjoint. Davon durfte im Präsidium natürlich niemand etwas wissen. Dort war nur das Feierabendbier erlaubt. Darüber regte sie sich schon die letzten 30 Jahre, seit sie kiffte, auf. In dieser Gesellschaft waren nur Alkohol und Tabletten erlaubt.

Sie kochte sich Spaghetti mit Gemüsesauce und aß einen Salat dazu. Dann heizte sie den geliebten Ofen ein. Sie liebte die Sicht auf die Flammen und das Knistern des Holzes. Sie kuschelte sich aufs Sofa, rauchte und hörte Musik. Versuchte bewusst, nicht über den Fall nachzudenken, sich abzulenken. Wie sehr sie dieses kleine Häuschen liebte und das Alleinsein. Das war ihr Rückzugsort, ihre Höhle.

***

Bei Susanne Hopfner war ihre Mutter angekommen, die Frau vom Kriseninterventionsteam war auch da. Die Kinder Jan, 13 Jahre, und Pia, 11 Jahre alt, besuchten eine Ganztagsschule. Sie würden um 17.00 Uhr nach Hause kommen. Gemeinsam wollten sie ihnen das Schreckliche sagen. Sie tranken Tee und warteten. Frau Hopfner war am Nachmittag bei ihrem Arzt gewesen und hatte ein leichtes Beruhigungsmittel erhalten. Die Mutter würde die nächsten Tage bleiben und sie unterstützen.

Die Kinder kamen pünktlich und Frau Hopfner erzählte ihnen behutsam vom Tod ihres Vaters. Genauigkeiten ließ sie weg, erwähnte nur einen Unfall. Die Kinder reagierten ganz unterschiedlich. Pia weinte und kuschelte sich an ihre Mutter, Jan schnappte den Schulrucksack und lief in sein Zimmer. Die Großmutter ging ihm nach, versuchte ihn zu trösten, doch es war schwierig, er blockte alles ab. Sie verabschiedeten die Frau vom Kriseninterventionsteam. Susanne informierte noch alle Verwandten und Bekannten.

Die Mutter kochte zu Abend und sie aßen gemeinsam. Susanne musste sich dazu zwingen. Dann sahen sie noch ein bisschen fern und gingen alle früh zu Bett. Susanne konnte lange nicht einschlafen. Was war da passiert? Sie konnte es nicht fassen, nicht realisieren, dass sie jetzt alleine war mit ihren Kindern.

Georg und sie waren immer noch glücklich miteinander gewesen. Sicher hatte es auch ab und zu Streit gegeben, trotzdem hatten sie sich geliebt. Sie konnte sich ein Leben ohne ihn nicht vorstellen. Die Gedanken rasten durch ihren Kopf. Sehr spät schlief sie schließlich ein.

***

Sabine Obermüller radelte ins Präsidium. Bei der Morgenbesprechung teilte sie die Aufgaben auf. Frau Obermüller wollte zu Susanne Hopfner und sich mit dem familiären Umfeld befassen. Zwei Beamte sollten sich mit der Mordwaffe befassen, Bogenschützenvereine, Geschäfte usw. Zwei Beamte würden das berufliche Umfeld übernehmen. Um 17.00 Uhr wollten sie die nächste Besprechung abhalten.

Frau Obermüller radelte zum Haus der Hopfners. Es war ein großes, modernes Haus, riesig im Vergleich zu ihrem Häuschen. Sie klingelte, eine ältere Frau öffnete und stellte sich als Mutter von Frau Hopfner vor. Susanne Hopfner war mit den Kindern in der Küche beim Frühstück. Die Kinder würden heute zu Hause bleiben. Frau Hopfner schickte sie in ihre Zimmer, um sich ungestört mit der Kommissarin unterhalten zu können. Frau Obermüller fragte, wo Susanne am Samstagnachmittag war und wann sie ihren Mann zum letzten Mal gesehen habe. Sie war mit den Kindern im Kino gewesen, nach dem Mittagessen war ihr Mann aufgebrochen, um Pilze zu suchen, das war sein Hobby. Am Abend habe sie ihn als vermisst gemeldet. Frau Hopfner beantwortete die Fragen gefasst, weinte jedoch zwischendurch. Die Frage, ob ihr Mann Feinde gehabt habe oder Drohbriefe erhalten habe, verneinte sie. Ihr Mann wäre überall beliebt gewesen, auch bei der Arbeit. Sabine Obermüller erkundigte sich noch nach der Verwandtschaft und schrieb von allen Telefonnummer und Adresse auf. Dann verabschiedete sie sich von Frau Hopfner und ihrer Mutter. Auch diese hatte sie nach einem Alibi befragt, sie war bei Freundinnen gewesen.

Kommissarin Obermüller radelte ins Büro zurück. Sie telefonierte mit den Familienmitgliedern und machte Termine aus, um vorbeizukommen. Zuerst besuchte sie die Eltern von Georg Hopfner. Sie stellte ihre üblichen Fragen nach Beziehungen, Alibis, Feinden. Die Eltern antworteten gefasst. Die Beziehung zu ihrem Sohn war gut gewesen, wenn auch nicht allzu eng. Man habe sich manchmal sonntags zum Essen getroffen. Sie gaben Auskunft über ihr Alibi, sie waren beide zu Hause mit Gartenarbeit beschäftigt gewesen. Ihr Sohn war beliebt gewesen, sie konnten sich keine Feinde vorstellen.

Sabine Obermüller verabschiedete sich und fuhr zum Bruder des Toten in dessen Firma, einen Holzverarbeitungsbetrieb. Er begrüßte sie und führte sie in sein Büro. Auch er beschrieb die Beziehung zum älteren Bruder als gut. Man traf sich jedoch eher selten. Am Samstagnachmittag war er mit seiner Familie beim Einkaufen, seine Frau könne das bestätigen. Pfeil und Bogen besaß er keinen. Frau Obermüller verabschiedete sich. Bekannte und Freunde des Opfers wollte sie am nächsten Tag befragen. Sie fuhr also zurück ins Büro, telefonierte und machte Termine aus. Dann sammelte sie Fakten an der Pinnwand. Viel hatten sie bis jetzt nicht. Vielleicht ergab die Besprechung etwas Neues.

***

Der Obmann des Bogenschützenvereines gab bereitwillig Auskunft und ordnete den Pfeil auf dem Foto auch einem Langbogen zu. Er versprach, eine Liste mit den Namen der Langbogenschützen seines Vereins zusammenzustellen. Sie sollten die Liste am Nachmittag abholen.

Im Waffengeschäft sammelten sie weitere Informationen über Langbögen. Der Besitzer wollte bis später eine Kundenliste erstellen. Die beiden Beamten verabschiedeten sich.

Am Nachmittag holten sie die Listen ab. Das versprach, viel Arbeit zu werden.

***

Georg Hopfner war Investmentberater von Beruf. Die Beamten fuhren zu seinem Büro. Sie wurden von einer Frau Helga Berger empfangen, der Sekretärin. Sie befragten sie nach der Person Georg Hopfner. Ihr Chef war immer freundlich und höflich gewesen. Hatte viele Kunden, die ihm vertrauten. Es habe auch nie Drohbriefe oder Ähnliches gegeben. Natürlich waren auch immer wieder Verlustgeschäfte dabei. Diese Kunden waren dann nicht gerade erfreut. So zum Beispiel einige beim letzten Börsencrash. Da gab es schon solche, die viel verloren hatten.

Sie wollten Einsicht nehmen in diese Geschäftsunterlagen, besonders in die Verlustgeschäfte. Frau Berger versprach, die Unterlagen bis zum nächsten Tag herauszusuchen. Die Beamten befragten sie noch nach ihrem Alibi. Sie hatte an diesem Samstagnachmittag eine Shoppingtour mit Freundinnen gemacht. Sie notierten die Daten und fuhren zurück ins Präsidium, um das Alibi zu überprüfen. Die beiden Freundinnen bestätigten das Alibi von Frau Berger.

***

Um 17.00 Uhr trafen sich alle zur Besprechung mit Frau Obermüller. Die Beamten berichteten über ihre Arbeit des Tages. Kommissarin Obermüller erzählte vom Besuch bei den Hopfners und von der Recherche im Verwandtschaftsbereich. Sie würde sich am nächsten Tag um den Bekanntenkreis des Opfers kümmern.

Die Beamten berichteten zum Thema Mordwaffe. Sie würden morgen die beiden Listen, vom Bogenschützenverein und die Kundenliste des Waffengeschäftes, durcharbeiten und Alibis sammeln.

Interessant waren auch die Berichte vom Büro des Opfers. Vielleicht fand sich dort in den Unterlagen ein Mordmotiv.

Frau Obermüller hatte einen Durchsuchungsbeschluss für das Haus und für das Büro des Opfers organisiert. So bekamen sie Einblick in alle Unterlagen. Sie bestellte noch zwei Beamte zur Unterstützung im Bereich Arbeitsstelle des Toten.

Schon um 16.00 Uhr hatte Frau Obermüller eine Pressekonferenz gegeben. Sie hatte nüchtern die Fakten dargelegt und sich Stillschweigen über die laufenden Ermittlungen erbeten.

Nach der Besprechung machten sie Feierabend. Sabine Obermüller radelte zum Supermarkt, kaufte ein und fuhr nach Hause. Sie duschte, zog sich um, machte einen Kaffee und drehte einen. Dieser Fall schien schwierig zu sein. Um sich abzulenken, feuerte sie den Ofen an und kochte sich das Abendessen. Nachher räumte sie die Küche auf, setzte sich aufs Sofa und rauchte. Die Gedanken wollten immer wieder zur Arbeit zurück, also schaute sie einen Krimi im Fernsehen an und ging früh zu Bett.

***

Susanne Hopfner war froh, dass ihre Mutter da war, und über die Besuche des Kriseninterventionsteams. Jeden Morgen empfing sie die Realität wie ein Hammerschlag. Nichts war mehr wie früher. Diese Kommissarin war auch nett und einfühlsam gewesen und die von der Polizei mussten von allen die Alibis überprüfen. Die mussten ja in alle Richtungen ermitteln. Wer hatte ihren Mann ermordet? Georg hatte keine Feinde. Vielleicht hing es mit der Arbeit zusammen. Vielleicht ein Kunde, der durch Georgs Rat Verluste gemacht hatte. Das erschien ihr am wahrscheinlichsten. Das musste sie dieser Kommissarin sagen.

Mit ihrer Mutter zusammen suchte sie Fotos und Sprüche für die Todesanzeige und schrieb einen kurzen Lebenslauf für den Pfarrer. Sie waren katholisch und besprachen mit ihm den Ablauf der Beerdigung.

Die Kinder hatte sie wieder zur Schule geschickt. Sie selbst konnte im Moment nicht arbeiten, hatte das Büro informiert und sich krankschreiben lassen. Außerdem nahm sie ein leichtes Beruhigungsmittel. Sie schaffte es kaum, den Alltag zu bewältigen. Es war unfassbar, was da passiert war. Trotzdem musste sie sich zusammenreißen, für die Kinder da sein, kochen, wenn sie aus der Schule kamen, mit ihnen reden, sie trösten. Pia weinte oft und fragte nach ihrem Vater, Jan zeigte sich von der coolen Seite, fraß alles in sich hinein.

Wie sollte sie das alles alleine schaffen, die Kinder zu erziehen, das große Haus, der Garten, die Arbeit im Büro. Georg hatte eine gute Lebensversicherung abgeschlossen, finanziell dürfte sie keine Schwierigkeiten haben. Die Gedanken kreisten in ihrem Kopf.

Sie war froh, als die Kinder nach Hause kamen, da hatte sie Beschäftigung. Sie aßen zu Abend, schauten gemeinsam fern und gingen alle früh schlafen. Sie redete noch mit den Kindern vor dem Einschlafen und sprach mit ihnen ein Gebet. Papa war jetzt im Himmel.

***

Sabine Obermüller radelte zur Arbeit. Heute würden sie das Haus und das Büro von Georg Hopfner durchsuchen. Vielleicht fanden sie ja irgendeinen Hinweis. Außerdem wollte sie heute den Bekanntenkreis des Opfers befragen. Sie hatte Adressen und Handynummern von Frau Hopfner erhalten. Gleich am Morgen begann sie mit den Anrufen und machte Termine aus. Da war sie heute beschäftigt.

Sie stellte den Trupp für die Durchsuchung zusammen. Um 9.00 Uhr fuhren sie zum Haus der Familie Hopfner und eine andere Gruppe fuhr ins Büro. Frau Obermüller sprach nochmals mit Susanne Hopfner und erklärte die Durchsuchung. Sie mussten jeder Spur nachgehen.

Frau Hopfner äußerte noch den Verdacht auf enttäuschte Kunden ihres Mannes. Auch die Kommissarin fand, dass das ein mögliches Motiv war.

Sie verabschiedete sich und nahm ihre Termine mit den Bekannten des Opfers wahr. Alle, die sie traf, hatten für diesen Samstagnachmittag ein Alibi, keiner konnte sich diesen Mord erklären, keiner hatte ein Motiv. Alle beschrieben Georg Hopfner als freundlichen, sympathischen Mann, der keine Feinde hatte.

Jedenfalls nicht in diesem Umfeld.

Dann fuhr die Kommissarin in die Gerichtsmedizin. Die Obduktion hatte nichts ergeben, der Todeszeitpunkt war der Samstagnachmittag, die Todesursache der Pfeil ins Herz. Die Spurensicherung hatte im Wald keine Spuren entdeckt. Sie tappten im Dunkeln.

Sabine Obermüller fuhr ins Büro, wo sich alle zur Abendbesprechung treffen würden und ordnete die Fakten an der Pinnwand. Pünktlich trafen alle ein. Frau

Obermüller berichtete über ihre Tätigkeiten des heutigen Tages. Ihre Kollegen berichteten ebenfalls. Die Liste des Bogenschützenvereins hatte bisher nichts ergeben. Die meisten waren an diesem Samstagnachmittag beim Vereinsschießen dabei gewesen. Die anderen hatten ein Alibi. Ein Georg Hopfner war niemandem bekannt. Keiner hatte ein Motiv.

Ähnlich war es bei der Liste mit den Stammkunden des Waffengeschäftes. Allerdings hatten sie noch nicht alle erreicht. Auch hier kannte niemand das Mordopfer.

Die Durchsuchung des Hauses von Familie Hopfner hatte nichts ergeben. Auch auf PC und Handy des Opfers war nichts Auffälliges, keine Drohbriefe oder sonst Dubioses.

Am schwierigsten taten sich die Beamten, die das Büro durchsuchten. Es war nicht einfach, an all die Daten zu kommen, das würde noch dauern.

Sabine Obermüller verteilte noch die Aufgaben für den morgigen Tag und beendete die Sitzung.

Sie radelte nach Hause. Dort nahm sie ein heißes Bad, kochte und aß zu Abend. Sie feuerte den Ofen an, rauchte und genoss den Feierabend. Es gelang ihr gut abzuschalten.

***

Er hatte sich gerächt. Endlich, still und heimlich. Er hatte ihn beobachtet, seine Gewohnheiten herausgefunden. Er kannte seine hübsche Frau und die beiden Kinder. Er wusste, wo er wohnte, kannte seinen Tagesablauf, seine Hobbies. Das Pilzesammeln eignete sich am besten und die Tötungsart passte in den stillen Wald. Er war vorbereitet, suchte sich einen günstigen Tag aus und handelte. Er schlich ihm nach mit seinem Bogen, tief in den Wald. Anderen Menschen war er nicht begegnet und er wartete auf den richtigen Moment. Georg Hopfner untersuchte gerade einen gefundenen Pilz, stand mit dem Rücken zu ihm. Er legte an, schoss und traf präzise. Georg Hopfner brach zusammen, und er lief so schnell er konnte zurück zum Wanderparkplatz. Niemand hatte ihn gesehen an diesem kalten, trüben Herbsttag. Er verstaute den Bogen im Auto und fuhr nach Hause. Er hatte keine Spuren hinterlassen. Niemals würde ihn jemand finden oder verdächtigen.

Wie sehr er ihn gehasst hatte. Alles hatte er verloren wegen ihm. Er hatte geerbt, viel geerbt, hatte sich dieses Haus gebaut, groß, modern, mit Bogenschießanlage im Keller und Swimmingpool für die Kinder. Den Rest hatte er in Aktien investiert, beraten von Georg Hopfner, seinem Finanzberater, dem er blind vertraut hatte. Er selbst kannte sich nicht aus mit Aktien. Und dann plötzlich beim Börsencrash hatte er alles verloren. Alles Fehlinvestitionen, hatte er ihm erklärt. Viele habe es getroffen, er sei machtlos demgegenüber, es tue ihm sehr leid. Das tat es ihm auch und er entwickelte diesen Hass.

Er musste wieder arbeiten in seinem Job als Mechaniker. Frau und Kinder waren weg. Plötzlich kein Geld mehr und aus mit Leben in Saus und Braus, das hatte ihr nicht gefallen und sie war gegangen. Lebte jetzt mit einem anderen mit den Kindern. Er durfte Alimente zahlen und die Kinder einmal im Monat sehen. Geblieben war ihm nur das Haus und er musste zusehen, wie er über die Runden kam. Das Schießen trainierte er dreimal pro

Woche bewusst auf sein Ziel hin. Stellte sich Hopfners Körper auf der Zielscheibe vor und übte verbissen bis zur Perfektion. Außerdem begann er, ihn zu beobachten. Er musste so viel wie möglich über ihn in Erfahrung bringen. Ihm war ja beim Crash nichts passiert außer ein paar enttäuschten Kunden, er lebte weiter in seinem Luxus. Hatte eine Putzfrau und einen Gärtner, hatte eine nette, kleine Familie, war vom Glück gesegnet. Das stachelte seine Rachegedanken noch mehr an. Doch er ließ sich Zeit, viel Zeit nach dem Crash. Niemand sollte eine Verbindung zu ihm finden.

Doch an diesem Samstag war es soweit. Er hatte gezielt und getroffen und die Rache war süß. Er fühlte sich befreit, er hatte sich gerächt, es war vollbracht. Er hatte keine Angst, niemand würde ihn verdächtigen. Er lebte völlig unverdächtig weiter, ging zur Arbeit, machte seine Schießübungen. Nur etwas fehlte ihm jetzt, das Verfolgen, das Beobachten, die Rachegedanken, es war wie ein Loch, in das er fiel. So viel Mühe und Zeit hatte er für die Aufgabe aufgewendet. Was sollte er jetzt mit dieser freien Zeit anfangen? Es war, als hätte er sich einen Teil seines Lebensinhalts genommen. Er fühlte sich nicht gut, verfolgte das Geschehen in den Medien, die Polizei tappte im Dunkeln.

Umso überraschter war er, als die Polizei anrief und ihn nach dem Samstagnachmittag befragte. Er erklärte, er wäre zu Hause gewesen und fragte, woher sie seine Nummer hätten. Er sei Kunde im Waffengeschäft Felder, es sei reine Routine, sie telefonierten mit allen. Sie fragten, ob er einen Georg Hopfner kannte, er verneinte dies, habe den Namen nie gehört. Sie beendeten das Gespräch, er war leicht verwirrt. Aber die Polizei musste allen Spuren nachgehen, er hätte ein Alibi erfinden sollen, aber das hätten sie dann auch geprüft. Hoffentlich kamen sie ihm nicht doch noch auf die Spur, wenn sie in dem Büro von Hopfner gruben. Leicht verunsichert wandte er sich wieder seiner Arbeit zu.

***

Sabine Obermüller radelte zur Morgenbesprechung ins Präsidium. Die Beamten besprachen nochmals die Fakten und gingen wieder an die Arbeit. Sie wollten weiter die Listen des Waffengeschäftes und des Vereins abarbeiten. Die, die sich mit dem Büro befassten, weiter in den Akten und Bankgeschäften wühlen. Da es sich um einen Mordfall handelte, bekamen sie die Erlaubnis, alles einzusehen.

Frau Obermüller radelte nochmals zu Frau Hopfner. Fragte nochmals nach Feinden des Opfers. Diese berichtete, dass es zur Zeit des Börsencrashs Opfer gegeben habe, die viel verloren hatten. Ihr Mann habe es damals mit enttäuschten und sicher auch wütenden Kunden zu tun gehabt, habe aber niemals Namen genannt. Sabine Obermüller fragte noch nach Frau Hopfners Beziehung zum Opfer. Sie waren glücklich gewesen. Hatten mit ihren Kindern ein zufriedenes Leben geführt.

Frau Obermüller bedankte sich und radelte zurück ins Büro. Sie beauftragte die Beamten, sich bevorzugt um die Zeit um den Börsencrash zu kümmern. Enttäuschte Kunden zu suchen, die viel verloren hatten.

Dann machte sie Mittagspause und bereitete sich auf die Besprechung am Nachmittag vor.

Die Beamten berichteten, dass zehn Stammkunden vom Waffengeschäft Felder kein Alibi hatten. Sie notierten die Namen an der Pinnwand. Keiner wollte Georg Hopfner gekannt haben.

Die Beamten vom Büro Hopfners berichteten über einige Fälle, die während des Börsencrashs viel verloren hatten. Sie notierten einige Namen an der Pinnwand. Vielleicht gab's da Überschneidungen zwischen den Listen.

Tatsächlich fanden sie einen Namen, der auf beiden Listen war. Martin Maurer war der Name. Er hatte sehr hohe Verluste erlitten, er hatte kein Alibi und er hatte gelogen, als man ihn nach Georg Hopfner befragte. Ihn würden sie am nächsten Tag aufsuchen und befragen. Er hatte ein Motiv und war höchstwahrscheinlich Bogenschütze.

Leider hatten sie keine Spuren im Wald gefunden und Zeugen hatten sich auch keine gemeldet. Also hatten sie wenig gegen ihn in der Hand. Die Befragung würde schwierig werden.

Sie beendeten die Sitzung und machten Feierabend.

Frau Obermüller radelte nach Hause und versuchte abzuschalten. Sie ging eine Runde spazieren, dann aß sie zu Abend, duschte und genoss den Feierabendjoint. Sie las noch ein bisschen und legte sich früh ins Bett. Sie empfand diesen Fall als anstrengend.

***

Susanne Hopfner kam müde nach Hause. Sie war wieder bei der Arbeit gewesen. Die Kinder würden bald von der Schule kommen. Ihre Mutter war wieder abgereist. Sie hatten am Vortag in aller Stille Georg beerdigt. Nur die Familie und einige enge Freunde waren dabei gewesen. Keiner konnte verstehen, was da passiert war. Sie hoffte so sehr, dass die Polizei den Mörder fassen würde. Es musste ja jemand sein, der über Georg Bescheid wusste. Der Tatort war sicher kein Zufall, er musste Georg verfolgt haben. Gewusst haben, dass er im Herbst im Wald unterwegs war. Drohte ihnen auch Gefahr? Sie hatte Angstzustände, die sie früher nie gekannt hatte. Das Leben war schwierig geworden. Sie musste alle Kraft aufwenden, um den Alltag zu bewältigen.

Sie kochte das Abendessen und wartete auf ihre Kinder. Diese waren auch sehr verunsichert, weil die Gewalt in ihr Leben reingeplatzt war. Sie musste viel mit ihnen reden, sie trösten, ihnen über den Verlust des Vaters hinweghelfen.

Sie kamen nach Hause, aßen miteinander zu Abend. Sie schaute mit ihnen einen unterhaltsamen Film, dann gingen sie früh zu Bett.

***

Frau Kommissarin Obermüller verteilte die Aufgaben bei der Morgenbesprechung. Sie wollte genaue Akteneinsicht in die Verlustgeschäfte von diesem Martin Maurer, bevor sie ihn am Nachmittag aufsuchen würde. Anschließend ordnete sie alle Fakten.

Der Täter musste über die Aktivitäten von Georg Hopfner Bescheid gewusst haben. Der Mord im Wald war geplant gewesen. Leider hatten sie keine Zeugen gefunden, die etwas gesehen hatten, weder im Wald noch auf dem Wanderparkplatz.

Sie rief diesen Martin Maurer an und kündigte ihren Besuch auf den Nachmittag an. Er war bei der Arbeit. Sie würde dort mit ihm sprechen. Dann studierte sie die Akten und Belege zum Verlust Martin Maurers beim Börsencrash. Es waren sehr große Verluste, die da aufschienen.

Nach dem Mittagessen fuhr sie mit einem Beamten zu Maurers Arbeitsstelle in einer Autoreparaturwerkstätte. Er führte sie in einen Pausenraum. Sie befragten ihn erneut zu jenem Samstagnachmittag. Er wäre zu Hause gewesen, war die Antwort. Da waren keine Zeugen, die das bestätigen konnten. „Sie sind Bogenschütze?", fragte Frau Obermüller. „Ja, woher wissen Sie das?" „Sie sind Stammkunde bei der Firma Felder und besitzen laut Verkäufer einen Langbogen." „Das ist richtig, wieso wollen Sie das wissen?", war die leicht aufmüpfige Antwort. „Kennen Sie einen Georg Hopfner?", wollte Frau Obermüller wissen. „Nein, das habe ich alles schon am Telefon gesagt", erregte sich Herr Maurer. „Sie lügen, Georg Hopfner war Ihr Investmentberater, als Sie beim Börsencrash hohe Verluste gemacht hatten. Herr Hopfner wurde im Wald von dem Pfeil eines Langbogenschützen getötet. Sie haben die Waffe und ein Motiv", erklärte Frau Obermüller. „Das sind wilde Theorien, ja, ich habe ihn gekannt, ist doch schon ewig her alles", baffte Herr Maurer. „Halten Sie sich zu unserer Verfügung, wir kommen auf sie zurück", verabschiedete sich die Kommissarin.

Sie hatten nichts gegen ihn in der Hand, keine Beweise. Sie würde einen Durchsuchungsbeschluss erwirken. Das erledigte sie am Nachmittag, die Verdachtsmomente und die Lügen reichten aus. Morgen würden sie Herrn Maurer damit überraschen.

Nach der Abendbesprechung radelte sie nach Hause. Dieser unsympathische Maurer ging ihr nicht aus dem Kopf. Sie mussten etwas finden, das ihn belastete. Sie versuchte, die Gedanken an den Fall abzulegen. Sie feuerte den Ofen an und genoss den ruhigen Abend.

***

Die Polizei war in der Firma gewesen. Das war sehr unangenehm alles. Er hätte nie gedacht, dass sie auf ihn kommen könnten. Jetzt hatte er extra so lange gewartet und dennoch waren sie ihm auf die Spur gekommen. Sie hatten keine Beweise, nichts gegen ihn in der Hand. Nur das fehlende Alibi und seine dumme Lügerei. Er musste sich zusammenreißen, durfte keine Fehler mehr machen. Wie würde die Polizei weiter vorgehen? Er konnte nur abwarten und so normal wie möglich weiterleben. Eine Angst fraß sich in ihm fest. Mit dieser Möglichkeit hatte er nicht gerechnet. Was, wenn sie ihn festnahmen, wenn er ins Gefängnis müsste? Er konnte sich überhaupt nicht auf die Arbeit konzentrieren und schleppte sich bis zum Feierabend.

Zuhause setzte er sich an den Computer, um die Dateien rund um Familie Hopfner zu löschen. Er hatte zig Fotos und Einträge über Georg Hopfners Tagesabläufe. All das musste er löschen, falls die Polizei mit einem Durchsuchungsbeschluss kam. Er arbeitete bis spät in die Nacht und hoffte, alles gelöscht und nichts übersehen zu haben.

Mit einem mulmigen Gefühl ging er zu Bett, konnte vor Aufregung lange nicht schlafen. Erschlagen wachte er auf und machte sich auf den Weg zur Arbeit.

***

Frau Obermüller machte sich mit den Beamten auf den Weg. Sie holten Martin Maurer von der Arbeit ab und fuhren zu ihm nach Hause. Sie zeigten ihm den Durchsuchungsbeschluss und machten sich an die Arbeit.

Sie entdeckten Urkunden vom Bogenschießen an den Wänden, fanden im Keller eine Bogenschießanlage.

Er besaß einige Langbögen und dieselben Pfeile wie beim Mordopfer.

Auf dem Schreibtisch war ein Familienbild, eine Frau und zwei Kinder. Er erklärte, er wäre geschieden, sehe die Kinder einmal im Monat. Auf die Frage, seit wann er geschieden war, nannte er den Zeitpunkt etwa ein Jahr nach dem Börsencrash. Die Motive verdichteten sich.

Den Computer, einen Laptop und das Handy nahmen sie mit. Ebenso die Akten, er hatte alles aufgehoben seit den Verlusten. So konnten sie genau Einsicht nehmen, was damals passiert war.

Sonst fanden sie nichts Belastendes, sie schlossen die Durchsuchung ab und verabschiedeten sich. Sie baten ihn, sich zur Verfügung zu halten.

Im Präsidium verteilte Frau Obermüller die Arbeit. Ein Team sollte die Akten nochmals durchforsten. Die Computerspezialisten beschäftigten sich mit dem Computer, dem Laptop und dem Handy.

Um 17.00 Uhr sollte es die nächste Besprechung geben.

Die Kommissarin telefonierte mit Susanne Hopfner und bat um ein Gespräch. Frau Hopfner bat sie, ins Büro zu kommen, sie war noch bei der Arbeit. Sabine Obermüller wollte wissen, ob Frau Hopfner den Namen Martin Maurer schon einmal gehört hatte, er sei Kunde ihres Mannes gewesen. Frau Hopfner verneinte, ihr Mann habe nie Namen genannt. Ob sie sich beobachtet gefühlt hatte, fragte Frau Obermüller. Auch dies verneinte Frau Hopfner. „Ist dieser Mann der Täter? Haben sie ihn gefasst?", wollte Susanne Hopfner wissen. „Dazu können wir keine Aussage machen. Wir melden uns bei Ihnen", verabschiedete sich die Kommissarin.

Sie radelte zurück zur Dienststelle und bereitete sich auf die Besprechung vor. Punkt 17.00 Uhr erschienen alle im Besprechungsraum und starteten ihre Berichte. Bei den Akten war nichts Neues zu finden gewesen, es deckte sich mit dem Material, das sie bei Georg Hopfner gefunden hatten. Herr Maurer hatte große Verluste erlitten damals. Er arbeitete seither wieder als Automechaniker. Woher er so viel Geld gehabt hatte, für so ein großes Haus mit Pool und für die Investitionen, wollten sie ihn noch befragen. Auf jeden Fall war dies ein gutes Motiv. Außerdem hatte sich seine Frau scheiden lassen, die Familie war zerbrochen. Auch das war ein Motiv. Wahrscheinlich wollte er sich rächen. Leider hatten sie nur Verdachtsmomente und keine konkreten Beweise.

Da schaltete sich das Computerteam ein. Herr Maurer habe letzte Nacht viele Dateien auf dem Laptop und auf dem Computer gelöscht. Vieles davon hatten sie wiedergefunden und wiederhergestellt. Herr Maurer war nicht gründlich genug gewesen, war wahrscheinlich kein Spezialist auf dem Gebiet. Bei den Dateien handelte es sich um viele Fotos von Georg Hopfner und seiner Familie sowie Vermerke zu den Tätigkeiten Georg Hopfners. Herr Maurer musste die Familie über Jahre beobachtet haben, um ihre Gewohnheiten herauszufinden. Das war endlich etwas Konkretes, dazu würden sie ihn am nächsten Tag befragen. Frau Obermüller rief an und bestellte ihn für morgen um 9.00 Uhr ins Präsidium. Sie hofften, es bestände keine Fluchtgefahr.

Sie beendeten die Sitzung und machten Feierabend für heute.

Sabine Obermüller radelte nach Hause, duschte, zog sich um und machte sich einen Tee. Dazu rauchte sie ihren

Feierabendjoint. Das Abschalten von der Arbeit fiel ihr heute schwer, es würde spannend werden morgen beim Verhör. Ihr Bauchgefühl sagte ihr, dass dieser Maurer der Täter war. Sie versuchte es trotzdem, kochte und aß zu Abend. Dann feuerte sie den Ofen an und machte es sich mit ihren Joints auf dem Sofa gemütlich. Sie lenkte sich mit dem Fernseher ab.

***

Sie hatten tatsächlich einen Durchsuchungsbeschluss gehabt und sein Haus durchsucht. Wie gut, dass er am Vorabend alles gelöscht hatte auf dem Computer und am Laptop. Hoffentlich hatte es geklappt und es war wirklich alles gelöscht. Diese Spezialisten konnten vieles wiederfinden, so sagte man. Es wurde ihm glühend heiß bei dem Gedanken, er kannte sich da nicht so gut aus. Jedenfalls hatten sie ihn für morgen ins Präsidium vorgeladen. Was wussten die alles? Sollte er fliehen? Aber wohin? Das war keine gute Idee, kam einem Schuldbekenntnis nahe. Er war nervös. Und da war wieder diese Angst. Er war sich doch so sicher gewesen, hatte keine Spuren hinterlassen. Und jetzt nahmen sie ihn in die Mangel. Er wusste nicht, wie er sich verhalten sollte. Vielleicht brauchte er einen Anwalt. Vielleicht stellten sie ihm einen Pflichtverteidiger. Er kannte sich einfach zu wenig aus. War extrem verunsichert. Er ging in den Keller und machte Schießübungen, aber es lief nicht gut, er war zu aufgeregt.

Er trank einen Whiskey und schaute fern. Lange konnte er nicht einschlafen. Bei der Arbeit hatte er sich freigenommen. Die tratschten eh schon hinter seinem

Rücken, weil ihn die Bullen dort befragt und gestern abgeholt hatten.

Nervös wachte er auf und wartete, bis es Zeit war zu gehen. Er machte sich auf den Weg.

***

Martin Maurer kam pünktlich um 9.00 Uhr ins Präsidium. Sie führten ihn in den Verhörraum. Sabine Obermüller und ein Beamter wollten die Befragung durchführen.

Sie fragten nochmals nach jenem Samstag, erhielten dieselbe Antwort. Dann befragten sie ihn nach seiner Familie. Nach dem Grund der Trennung, ob das mit seinen finanziellen Verlusten zu tun gehabt hatte. „Natürlich, plötzlich kein Leben mehr in Saus und Braus und schon war sie weg mit den Kindern. Die darf ich nur einmal im Monat sehen", erboste sich Herr Maurer. Gleichzeitig bemerkte er, dass das ein Fehler war, er musste sich mehr beherrschen.

Sie befragten ihn nach der Herkunft des vielen Geldes. „Das war eine Erbschaft, die Eltern sind bei einem Autounfall schuldlos ums Leben gekommen. Sie hatten Grundbesitz, ein Haus und gute Lebensversicherungen. Ich war der einzige Erbe, habe keine Geschwister", erklärte Herr Maurer. „Warum ist das wichtig?", wollte er noch wissen. „Beantworten Sie einfach unsere Fragen", verlangte Frau Obermüller. Sie fragte ihn nach der Beziehung zu Georg Hopfner. „Er war mein Investmentberater, rein geschäftlich", meinte Herr Maurer. „Warum haben Sie uns angelogen und behauptet, ihn nicht zu kennen?" „Das ist ja alles schon so lange her", versuchte Herr Maurer eine Erklärung. Jetzt konfrontierte sie ihn mit den Computerdaten und seinem Versuch, alles zu löschen. Sie hätten das meiste von dem Gelöschten wiederhergestellt. Alles Fotos von Hopfner und der Familie und Daten über Hopfners Tätigkeiten. Sie zeigten es ihm am Laptop. Herr Maurer wurde zusehends nervöser. „Dazu möchte ich nichts sagen. Hab ich das Recht auf einen Anwalt?", stotterte er aufgeregt.

„Sie haben das Recht auf einen Anwalt. Sie sind dringend tatverdächtig. Wir nehmen Sie in Untersuchungshaft wegen Flucht- und Verdunkelungsgefahr. Wir führen die Vernehmung morgen weiter", erklärte Frau Obermüller. Sie hatte das bereits mit dem Staatsanwalt geklärt.

Ziemlich eingeschüchtert und sehr nervös ließ sich Martin Maurer abführen. Der Pflichtverteidiger würde ihn im Laufe des Tages aufsuchen und beraten.

Frau Obermüller war sehr zufrieden mit dem Verlauf des Verhörs. Herr Maurer hatte sich tatverdächtig verhalten. Die Beweise auf seinem PC, die Motive, die Tatwaffe, alles lief auf diesen Mann hinaus. Sie erhoffte sich die nächsten Tage ein Geständnis.

Sie besprach sich noch mit ihren Mitarbeitern und machte früher Schluss. Sie radelte zum Wanderparkplatz und lief eine große Runde durch den Wald. Dann radelte sie zum Supermarkt und kaufte ein. Zuhause rauchte sie zuerst einen und trank Kaffee. Den Fall wollte sie heute im Büro lassen. Sie nahm ein heißes Bad, kochte etwas Gutes, aß mit Genuss und rauchte. Anschließend machte sie es sich mit einem guten Buch auf dem Sofa bequem.

***

Er war aufgeregt und verunsichert. Er saß tatsächlich in Untersuchungshaft. Wieso kannte er sich nicht besser mit dem PC aus? Er ärgerte sich schrecklich über seine Naivität. Das war alles nur passiert, weil er sich so sicher gewesen war mit seinem lautlosen Mord. Wie dumm von ihm. Und wie sollte er sich jetzt verhalten? Sollte er einfach nichts sagen? Aber die Beweise vom PC waren erdrückend. Wie sollte er das je erklären können? Er würde mit diesem Anwalt reden, der kannte sich da besser aus.

Die Gedanken in seinem Kopf rasten, während er in der Zelle auf und ab ging. Der Zorn über sich selbst wurde immer stärker. Er musste sich irgendwie beruhigen. Das Essen wurde hereingebracht. Er brachte keinen Bissen hinunter, war viel zu aufgeregt.

Endlich klopfte es und der Anwalt betrat die Zelle. Er klärte ihn über seine Rechte auf. Er konnte sich kaum konzentrieren. Im Falle einer Tat wäre ein Geständnis gut, das würde sich strafmildernd auswirken vor Gericht.

Er hörte sich alles an und wusste nicht, was er tun sollte. Die Beweise waren erdrückend, die Tatwaffe, das fehlende Alibi, die Dateien auf dem PC, wie sollte er das erklären? Am besten war es, noch zu schweigen und abzuwarten.

Er hatte Angst und er war wütend auf sich selbst, auf Georg Hopfner, der ihm sein ganzes Leben zerstört hatte bis über seinen Tod hinaus. Bereuen tat er trotzdem nicht. Dieser Schweinehund hatte es nicht anders verdient.

Das Abendessen kam, er rührte wieder kaum etwas an, aß nur eine Scheibe Brot und trank den Tee. Dann lief er wieder in der Zelle auf und ab. Sein Hirn rotierte, die Gedanken liefen im Kreis. Er würde mürbe werden in dieser Zelle.

Wie hoch würde die Strafe ausfallen? Er hatte keine Ahnung, hatte sich nicht mit den Folgen der Tat befasst, war sich so sicher gewesen. War es vielleicht doch klüger, gleich zu gestehen? Schließlich legte er sich hin, konnte lange nicht einschlafen und träumte schlecht.

***

Sabine Obermüller frühstückte ausgiebig und radelte ins Büro. Sie bereitete sich auf die Vernehmung vor. Machte um 9.00 Uhr die Morgenbesprechung. Alle hofften auf ein baldiges Geständnis.

Um 10.00 Uhr betrat sie mit einem Beamten das Vernehmungszimmer. Der Anwalt und Herr Maurer waren schon anwesend. Der Angeklagte machte einen müden, nervösen Eindruck. Die Kommissarin konfrontierte Herrn Maurer nochmals mit den Fakten, zählte die Mordmotive auf. Herr Maurer schwieg beharrlich und blickte wütend um sich. „Damit habe ich nichts zu tun. Sie können mir nichts beweisen", blaffte er schließlich zornig. „Die Indizien sprechen für sich, Herr Maurer, ein Geständnis würde vor Gericht strafmindernd sein. Aber wenn Sie schweigen, unterbrechen wir die Befragung. Wir sehen uns am Nachmittag wieder", sprach Frau Obermüller und verließ den Raum.

Herr Maurer wurde wieder in seine Zelle gebracht.

Nach dem Mittagessen gab Sabine Obermüller eine Pressekonferenz über den neuesten Stand der Ermittlungen. Den Nachmittag verbrachte sie mit Schreibarbeiten und Berichten.

Um 16.00 Uhr betrat sie wieder das Vernehmungszimmer. Wieder zählte sie die Fakten auf. „Sie haben Herrn Hopfner jahrelang beobachtet und auf einen günstigen Moment gewartet. Der Mord war schon jahrelang geplant", behauptete die Kommissarin. „Er hat mein ganzes Leben zerstört", brach es wütend aus Herrn Maurer heraus. Und dann legte er ein Geständnis ab. Er erzählte, wie er Georg Hopfner beobachtet hatte. Wie er ihm in den Wald gefolgt war und in einem günstigen Moment geschossen hatte. „Er hat mein Geld verspielt, meine Familie zerstört, mein Leben kaputtgemacht", legte er noch zu. Er wirkte sehr aufgebracht und gleichzeitig müde und mürbe. „Bereuen Sie die Tat?", fragte Frau Obermüller. „Sicher nicht", maulte Herr Maurer. Sie verabschiedete sich und verließ den Raum. Das war schneller gegangen, als sie gedacht hatte. Sie war zufrieden. Für den nächsten Tag machte sie einen Termin für die letzte Pressekonferenz. Herr Maurer wurde zurück in die Zelle gebracht.

Nach der Abendbesprechung machten sie Schluss für heute, es war ein erfolgreicher Tag gewesen. Der Fall war für sie abgeschlossen. Jetzt war das Gericht am Zug. Sie hatten ihre Arbeit getan.

Sabine Obermüller radelte zufrieden nach Hause. Zur Feier des Tages aß sie einen Hanfkeks. Es war sonnig gewesen, die Luft war nicht allzu kalt, also machte sie ein Feuer draußen in der Schale. Sie richtete ein Stück Fleisch und einen Salat. Sie grillte das Fleisch über der Glut und genoss das Essen. Dann belebte sie das Feuer nochmals, machte einen Tee, nahm eine Decke und setzte sich nach draußen. Sie blieb lange sitzen, rauchte und schaute ins Feuer. Der abgeschlossene Fall machte sie zufrieden. Der Hanfkeks tat sein Übriges dazu. Es hatte immer etwas Erlösendes, wenn ein Fall abgeschlossen war. Zufrieden ging sie zu Bett und schlief gleich ein.

***

Martin Maurer saß in der Zelle und war irgendwie erleichtert. Er hatte sich zu dem Geständnis entschieden. Er wollte es nicht noch länger vor sich herschieben. Er hoffte dadurch und durch seine bisherige Unbescholtenheit ein milderes Urteil zu bekommen. Es war ja schließlich doch ein kaltblütiger Mord gewesen und er rechnete mit einigen Jahren Gefängnis. Irgendwie fiel vieles von ihm ab. Die jahrelange Beobachtung von Georg Hopfner, die Schuldbelastung. Die Rachegefühle ließen nach. Was hatte er schon zu verlieren? Um sein einsames Leben mit der Manie, sich rächen zu müssen, war es nicht schade. Jetzt würde er dieses einsame Leben eben im Gefängnis weiterführen. Die Angst davor war nicht mehr so stark. Er konnte sogar das Abendessen genießen, war viel ruhiger jetzt, da alles gesagt war. Er legte sich früh hin und schlief rasch ein.

***

Nach der Pressekonferenz fuhr Frau Obermüller zu Susanne Hopfner ins Büro. Sie wollte ihr persönlich berichten, dass der Fall gelöst und der Täter in Haft war. Frau Hopfner war sehr erleichtert. Sie erzählte der Kommissarin von ihrer Angst, weil der Täter sie ja beobachtet haben musste, gewusst haben musste, dass Georg im Herbst im Wald unterwegs war. Sie hatte Angst vor weiteren Taten gehabt, Angst, dass er sich auch an ihr oder den Kindern rächen wollte.

Die Kommissarin erzählte, dass der Täter sie tatsächlich über Jahre beobachtet hatte, weil er sich aufgrund des finanziellen Verlustes rächen wollte.

Frau Hopfner hatte nie etwas von einem Martin Maurer gehört.

Sabine Obermüller verabschiedete sich und fuhr zur Abschlussbesprechung ins Präsidium. Es war Freitag und sie wollten heute früher Schluss machen. Die Kommissarin bedankte sich bei allen für die gute Zusammenarbeit und wünschte ihnen ein ruhiges, schönes Wochenende.

Sie radelte nach Hause und läutete mit einem Hanfkeks, Kaffee und einem Joint das Wochenende ein. Dann putzte sie die Küche und räumte im Haus auf. Sie nahm ein heißes Bad und bestellte sich eine Pizza. Sie packte ein paar Sachen ein, weil sie das Wochenende bei ihren Eltern auf dem Land verbringen wollte. Morgen würde sie mit dem Zug hinfahren, das machte sie einmal im Monat. Die Eltern wurden älter und freuten sich immer, wenn sie zu Besuch kam.

Mit einem gelösten Fall ins Wochenende zu gehen, war ein gutes Gefühl. Zufrieden und gemütlich verbrachte sie den Abend mit Kaminfeuer und Joints.

Erleichtert ging sie zu Bett und schlief gleich ein. Sie freute sich auf ihre Eltern.

TODESSPIEL

Die Kommissarin Sabine Obermüller radelte gut gelaunt ins Kommissariat und brachte Frühstückskipferln für ihre Kollegen mit. Sie war am Wochenende bei ihren Eltern auf dem Land gewesen und hatte sich gut erholt.

Während der Morgenbesprechung kam ein Polizist vom Telefondienst herein. Zwei Fischer hatten im Fluss, zwischen den Steinen verkeilt, eine Leiche gefunden. Die Polizei, die Feuerwehr und die Wasserrettung hatten die männliche Leiche bereits geborgen. Jetzt brauchten sie die Mordkommission, weil die Leiche einen Kopfdurchschuss hatte.

Frau Obermüller fuhr gleich mit einem Beamten und mit dem Pathologen hin. Die Spurensicherung folgte.

Es war ein junger Mann, der da lag, bekleidet mit Jeans, T-Shirt und Turnschuhen. Und mit einem Kopfschuss. Lange hatte er noch nicht im Wasser gelegen, stellte der Pathologe fest, höchstens ein paar Tage. Alles Weitere würde die Obduktion ergeben.

Selbstmord wurde ausgeschlossen, er konnte ja nicht tot ins Wasser springen. Der Mann hatte nichts dabei, keinen Ausweis, keine Geldbörse, kein Handy und keine Schlüssel. Die Spurensicherung fand auch nichts in der näheren Umgebung.

Frau Obermüller befragte nochmals die beiden Fischer, nahm ihre Personalien auf und verabschiedete sie.

Der Fundort war jedenfalls nicht der Tatort, es konnten keine Spuren gefunden werden.

Die Kommissarin fuhr mit dem Beamten zurück ins Präsidium. Fotos von der Leiche hatte sie dabei. Der Leichnam wurde vom Bestattungsdienst in die Gerichtsmedizin gebracht.

Sie besprach sich mit den Kollegen. Sie wollten zuerst die Vermisstenanzeigen durchforsten. Es war jedoch nichts zu finden, niemand hatte den Toten als vermisst gemeldet. Sie tappten, was die Identität anging, völlig im Dunkeln. Sie würden die Obduktion abwarten und dann die Öffentlichkeit um Hilfe bitten. So einen jungen Mann musste doch irgendjemand vermissen.

Den Rest des Tages verbrachte die Kommissarin mit einer Stellungnahme bei der Presse und mit Schreibarbeiten und Berichten. Die Obduktionsergebnisse wurden für morgen erwartet.

Sabine Obermüller machte Feierabend und radelte nach Hause. Sie heizte in ihrem kleinen Häuschen den Schwedenofen im Wohnzimmer an, duschte und zog sich um. Dann trank sie einen Tee und kiffte einen, ihr Feierabendritual seit 30 Jahren. Natürlich wusste niemand davon. Sie kochte, aß und machte es sich mit einem Buch auf dem Sofa bequem. Sie war schon gespannt auf die Ergebnisse am nächsten Tag.

Am Morgen radelte sie gut ausgeruht gleich in die Gerichtsmedizin. Der Pathologe berichtete. Der Mann war schon tot, als er im Wasser landete, es war kein Wasser in den Lungen. Im Blut wurde Kokain festgestellt und aufgrund des Zustandes der Nasenscheidewand fand der Konsum der Droge regelmäßig und schon länger statt. Außerdem war er alkoholisiert gewesen. Die Todesursache war eindeutig der Kopfschuss. Der Todeszeitpunkt war ca. vor ein bis zwei Tagen. Die Leiche war von der Strömung mitgerissen und an Land zwischen die Steine gespült worden. Sonst war der Mann gesund gewesen. Das Alter schätzte er auf 25 Jahre.

Sabine Obermüller radelte ins Büro und informierte ihre Kollegen über den Bericht des Gerichtsmediziners. Sie durchforsteten nochmals alle Vermisstenanzeigen und ließen die Fingerabdrücke durch ihre Datenbank laufen, jedoch ohne Erfolg. Sie beschlossen die Öffentlichkeit um Mithilfe zu bitten.

Frau Obermüller hielt eine Pressekonferenz ab und ließ ein Foto des Toten veröffentlichen. Das Fernsehen und die Lokalpresse sollten darüber informieren und die Öffentlichkeit um Mithilfe bitten. „Wer kennt diesen Mann?", war die Schlagzeile.

Jetzt konnten sie nur noch abwarten. Am Abend im Fernsehen und am nächsten Tag in den Zeitungen würde der Aufruf gestartet werden.

Die Kommissarin teilte die Telefondienste ein und machte früher Schluss. Warten konnte sie auch zu Hause. Sie sah sich die Abendnachrichten im Fernsehen an und machte sich einen gemütlichen Abend mit Joints und einem Fernsehkrimi.

***

Das Ehepaar Berger schaute wie jeden Abend die Lokalnachrichten. Bestürzt sahen sie den Beitrag über den gefundenen Toten und das Foto. Das war ihr Sohn da im Fernsehen, ihr Sohn Alexander. Frau Berger schrie auf und begann zu zittern und zu weinen. Herr Berger rief sofort die angegebene Telefonnummer der Polizei an und informierte diese über die Identität des Toten. „Das ist unser Sohn Alexander Berger, 26 Jahre alt. Was ist da passiert?" „Darüber können wir keine Auskunft geben. Bitte kommen Sie morgen um 8.00 Uhr ins Präsidium", war die Antwort des Beamten.

Anschließend versuchte Herr Berger, seine Frau zu beruhigen, und hielt sie fest. Sie hatten ihren Sohn letzten Monat zuletzt gesehen. Er studierte in der Großstadt Chemie und sie trafen sich einmal im Monat an einem Sonntag. Alexander kam dann zu ihnen zum Mittagessen. Ansonsten hatten sie wenig bis gar keinen Kontakt. Sie telefonierten selten. Sie wussten auch nicht viel über sein Leben da in der Stadt. Er hatte dort eine Loftwohnung, sie finanzierten ihn.

Sie lebten in einem großen Haus am Stadtrand, waren vermögend.

Alexander war nach der Matura und dem Zivildienst ausgezogen. Seither wussten sie nicht viel über ihn. Er war ein Mamasöhnchen gewesen, obwohl sie immer Aupair-Mädchen hatten, die sich um ihn kümmerten. Sie waren beide berufstätig gewesen. Sie als Professorin am Gymnasium, er als Arzt mit Privatordination. Sie waren immer vermögend gewesen, wollten aber beide ihren Berufen nachgehen. Jetzt waren sie beide in Pension. Sie waren spät Eltern geworden. Und nun sollte Alexander tot sein, sie konnten es nicht fassen.

Herr Berger gab seiner Frau ein Beruhigungsmittel und sie legten sich früh schlafen. Sie konnten lange nicht einschlafen und grübelten über diesen Schicksalsschlag.

***

Sandra Huber holte wie jeden Morgen die Zeitung herauf zum Frühstück. Sie erschrak fürchterlich, als sie das Foto von Alexander und den Aufruf sich zu melden sah. Sie weckte sofort ihre beiden Mitbewohner Michael und Philipp. Auch sie waren schockiert.

Sie waren Studenten und lebten in einer Wohngemeinschaft. Alexander war ihr Freund. Sie kannten sich von der Universität. Sie mussten sofort Ina und Paul informieren und baten sie herzukommen. Auch das waren Freunde von Alexander. Sie mussten sich jetzt beraten, was sie tun sollten. Mussten sie sich bei der Polizei melden oder sollten sie schweigen?

Die Polizei würde sicher Alexanders Umfeld erforschen, dann war es blöd, sich nicht gemeldet zu haben. „Wichtig ist, dass wir alle dasselbe sagen", schlug Philipp vor. „Wir sagen, wir hätten ihn am letzten Freitag das letzte Mal gesehen. Da waren wir alle gemeinsam im Club, das wird die Polizei nachprüfen", meinte Paul. Sandra war dafür, die Wahrheit zu sagen und sich zu melden, doch die anderen verneinten dies eindringlich.

Sie waren am Samstag alle bei Alexander gewesen. Sie hatten gekokst, Whiskey getrunken und geraucht. Ihnen war langweilig geworden und so machte Alexander den Vorschlag zu spielen. Sie ließen sich überreden und fuhren zum Fluss. Auf einer Kiesbank machten sie ein großes Feuer, tranken Dosenbier und saßen am Feuer. Dann packte Alexander die Pistole aus. Die hatte er von seinem Großvater geerbt. Er steckte eine Kugel in die Trommel und drehte. Sandra sprang auf und stellte sich abseits hin, sie wollte nicht mitmachen. Sie hatten das schon öfter gemacht und bisher war nichts passiert. „Wer fängt an?", fragte Alexander. Philipp wollte den Anfang machen. Er hielt sich die Pistole an den Kopf und drückte ab. „Klick", nichts war passiert. Jetzt war Alexander an der Reihe. Er drehte die Trommel, legte an und schoss. Die Kugel bohrte sich in seinen Kopf, er kippte zur Seite. Plötzlich war es totenstill und Sandra begann zu schreien. Ina begann leise zu weinen, die Männer schwiegen betroffen.

„Was sollen wir tun?", jammerte Sandra laut auf. „Hör auf zu schreien!", fuhr Michael sie an. „Wir werfen ihn in den Fluss", machte Philipp den Vorschlag. Alle fühlten sich auf einen Schlag nüchtern. „Und die Pistole auch", ergänzte Paul. Sie packten den toten Alexander an Armen und Beinen, trugen ihn zum Fluss und warfen ihn hinein. Paul schleuderte die Pistole weit hinaus ins Wasser.

Dann löschten sie das Feuer und flüchteten nach Hause. Die Frauen waren völlig schockiert und kaum zu beruhigen.

Sie versuchten so normal wie möglich weiterzuleben, gingen zur Uni und bewahrten ihr Geheimnis.

Und jetzt war da dieses Foto und sie wussten nicht, was sie tun sollten Sandra war dafür, sich bei der Polizei zu melden. Die anderen waren sich da nicht so sicher. Auf jeden Fall durfte niemand erfahren, was da passiert war. Sie beschlossen, noch abzuwarten und sich am nächsten Tag wieder zu beraten.

***

Frau Obermüller radelte ins Kommissariat. Um 8.00 Uhr würden die Eltern des Verstorbenen kommen. Sie wollte sich noch ein bisschen darauf vorbereiten. Der Beamte vom Telefondienst hatte sie gestern noch telefonisch darüber informiert, dass sich die Eltern gemeldet hatten.

Um Punkt 8.00 Uhr kamen Herr und Frau Berger in ihr Büro. Sie bat sie sich zu setzen, bot Kaffee an. „Was ist mit unserem Sohn passiert?", fragte Herr Berger. Sabine Obermüller erzählte ihnen vom Auffinden ihres Sohnes, vom Kopfdurchschuss. Sie reagierten bestürzt und fragten, wie das passiert sein konnte. Die Kommissarin sagte, dass Alexander schon tot war, bevor er im Wasser landete, also musste ihn jemand nach seinem Tod ins Wasser geworfen haben. „Sie gehen von Mord aus?", wollte Herr Berger wissen. Seine Frau saß stumm schluchzend daneben. „Das wissen wir noch nicht", gab Frau Obermüller zu bedenken. Sie fragte nach der Wohnadresse von Alexander Berger und was er beruflich mache. „Wann haben Sie ihn zuletzt gesehen?", wollte sie noch wissen. Herr Berger gab ihr die Adresse und einen Schlüssel und erzählte, dass ihr Sohn in der Großstadt Chemie studiere. Sie hatten Alexander letzten Monat beim monatlichen gemeinsamen Essen gesehen, sonst hatten sie nicht viel Kontakt zu ihm.

Frau Obermüller fragte nach Freunden und Bekannten, nach Feinden. Darüber wussten die beiden nichts zu erzählen. Feinde konnten sie sich nicht vorstellen. Ihr Sohn hatte ihnen nicht viel von seinem Privatleben erzählt.

Nach dem Gespräch fuhr die Kommissarin mit ihnen in die Gerichtsmedizin, wo sie den Toten eindeutig als ihren Sohn Alexander Berger identifizierten. Sie verabschiedete die geschockten, verzweifelten Eltern. Alexander war ihr einziges Kind.

Zurück im Präsidium trommelte Frau Obermüller die Kollegen zusammen und berichtete von dem Gespräch. Sie wollten gleich in die Großstadt fahren, sich Bergers Wohnung anschauen und sich an der Universität umhören. Sie teilte die Aufgaben auf und dann machten sie sich auf den Weg.

Zusammen mit der Spurensicherung schloss Sabine Obermüller mit dem Schlüssel, den sie von den Eltern des Toten erhalten hatte, die Wohnung Alexander Bergers auf. Es war eine sehr moderne, großzügige Loft-Dachwohnung. Die Bergers mussten sehr vermögend sein, wenn sie ihrem Sohn so eine Wohnung bieten konnten.

Die Wohnung wirkte unaufgeräumt. In der Küche stapelte sich Geschirr in der Spüle. Im Wohnzimmer sah es so aus wie nach einem Fest. Der Tisch war voll mit Whiskeyflaschen und Gläsern und mit Spuren von Kokain. Die Aschenbecher quollen über mit Zigaretten- und Jointstummeln. Eine Dose mit Hanf, Zigarettenpapier, Filtern stand auf dem Tisch. Die Spurensicherung machte sich an die Arbeit.

Frau Obermüller durchforstete die Wohnung. Es waren wenige persönliche Gegenstände zu finden, keine Fotos an den Wänden, keine Bilder. Alles wirkte eher unordentlich, das Bett zerwühlt, das Badezimmer unaufgeräumt. Sie würden den Laptop mitnehmen, das Handy fanden sie im Wohnzimmer, Ausweis und Geldtasche in seiner Jacke im Vorzimmer. Schlüssel fanden sie komischerweise keine, der Tote hatte keine dabei gehabt. Sonst war nichts Wichtiges zu entdecken in der Wohnung. Die Spurensicherung nahm Gläser und Stummel mit, um DNA und Fingerabdrücke zu sichern.

Zwei Beamte waren zur Universität gefahren. Sie sprachen mit der Verwaltung, mit Professoren, mit Studienkollegen. Sie fanden nicht viele, die Alexander gekannt haben wollten. Er sei ein Einzelgänger gewesen und habe alleine gewohnt. Eine Freundin habe er nicht gehabt. Die

Beamten hängten ein Infoblatt mit dem Aufruf, sich zu melden, ans Schwarze Brett. „Wer kannte Alexander Berger? Bitte melden Sie sich."

Jetzt konnten sie nur noch die Auswertung des Laptops und des Handys abwarten. Sie machten sich auf den Rückweg ins Präsidium.

Sabine Obermüller gab bei einer Pressekonferenz die Meldung hinaus, dass der Tote identifiziert sei.

Anschließend sammelten sie bei einer Besprechung alle Fakten und verteilten die Aufgaben. Die Computerspezialisten würden sich um den Laptop kümmern. Frau Obermüller und ein Kollege wollten das Handy checken. Für heute machten sie Feierabend, es war schon spät.

Sabine Obermüller radelte zum Supermarkt und dann nach Hause. Sie genoss erstmal einen Tee und einen Joint. Nachher duschte sie, kochte und aß und feuerte den Ofen ein. Sie machte es sich zur Ablenkung auf dem Sofa gemütlich und schaute fern.

***

Herr und Frau Berger kamen verstört zu Hause an. Frau Obermüller hatte ihnen die Nummer vom Kriseninterventionsteam gegeben. Sie waren verzweifelt und riefen dort an.

Eine Frau kam vorbei und sprach lange mit ihnen. Sie empfahl Frau Berger, weiterhin Beruhigungsmittel zu nehmen. Sie bot ihnen auch an, bei den Begräbnisvorbereitungen zu helfen. Das nahmen sie gerne an und verabredeten sich für den nächsten Tag.

Herr und Frau Berger konnten sich das alles nicht erklären. Wussten nicht, was da passiert sein könnte.

Trotz Beruhigungsmitteln konnte Frau Berger nur sehr schlecht einschlafen.

***

Sandra Huber hatte schreckliche Angst. Die Polizei war heute in der Universität gewesen und hatte nach Alexander gefragt, mit dem Aufruf, sich zu melden.

Sie besprach das mit Michael und Philipp und rief auch Ina und Paul dazu. Die Männer machten den Vorschlag, sich ruhig zu verhalten und abzuwarten. Die Frauen waren dafür, sich zu melden, bevor die Polizei ihnen auf die Spur kam. Das mache ein besseres Bild. Auf jeden Fall wollten sie alle sagen, dass sie Alexander am Freitag zuletzt im Club gesehen hatten, dafür gab es Zeugen. Für den Samstag wollten sie sich gegenseitig ein Alibi geben. Philipp erinnerte nochmal eindringlich, wie wichtig es war, dass alle dasselbe sagten.

Sandra weinte, war immer noch schockiert von den Ereignissen. Die anderen versuchten sie zu beruhigen. Sandra wollte die Wahrheit sagen, meinte das wäre besser, als sich in Lügen zu verstricken. Gemeinsam überredeten sie sie aber dazu, dasselbe auszusagen und sonst zu schweigen.

Sie waren alle erschüttert von dem Erlebten. Sie hofften so sehr, dass die Polizei nichts herausfand. Sie mussten jetzt stark sein und zusammenhalten, ihr Leben möglichst unauffällig weiterleben. Alle hatten sie Angst.

Philipp hatte noch Alexanders Wohnungs- und Autoschlüssel, die würde er bei Alexander in den Briefkasten schmeißen, damit man sie nicht bei ihm fand.

Ina und Paul verabschiedeten sich, die andern verbrachten den Abend jeder für sich in ihren Zimmern. Sandra konnte lange nicht einschlafen.

***

Herr Geiger wollte an den Fluss zum Fischen. Er kletterte über die Böschung hinunter und lief über die Kiesbank. Da sah er vor sich eine große Feuerstelle und daneben Blutspuren, viel Blut. Das fand er sehr sonderbar. Er hatte auch von dem Toten im Fluss gehört. Vielleicht bestand da ein Zusammenhang. Er rief die Polizei an und schilderte die Situation. Man dankte ihm für die Information und versprach vorbeizukommen. Er schilderte den Ort, so gut er konnte, und versprach zu warten, bis die Polizei kommen würde.

***

Sabine Obermüller radelte ins Kommissariat. Es gab um 9.00 Uhr eine Besprechung, vorher wollte sie noch das Handy checken. Sie fand einige Handynummern mit Namen, die öfter miteinander in Kontakt waren. Insgesamt waren es fünf Personen. Das mussten Freunde des Verstorbenen sein. Sie fragte sich nur, warum sich bisher niemand gemeldet hatte.

Bei der Besprechung konnten die Computerspezialisten bereits Auskunft geben. Sie hatten auf dem Laptop Fotos von fünf Personen gefunden. Gruppen- und Einzelfotos von Freunden des Opfers. Ebenso Email-Verkehr mit Freunden und Bekannten und viele Unterlagen übers Studienthema Chemie.

Sie teilten gerade die Aufgaben auf, als ein Polizist vom Telefondienst hereinplatzte. Ein Fischer habe sich bei der Polizei gemeldet, weil er auf einer Kiesbank im Fluss neben einem Grillplatz ziemlich viele Blutspuren entdeckt hatte. Sie ließen sich die GPS-Daten geben und fuhren gleich mit der Spurensicherung hin.

Ein Mann wartete auf der Kiesbank, stellte sich als Herr Geiger vor und zeigte ihnen den Platz. Sie nahmen die Personalien auf, bedankten sich und verabschiedeten ihn.

Sie entdeckten die Stelle, nahmen Proben vom Blut. Sie durchsuchten das nähere Umfeld und fanden eine Patronenhülse, die zu einer Pistole älterer Art passen konnte.

Sabine Obermüller forderte zwei Taucher an, die im Fluss nach der Waffe suchen sollten. An Land fanden sie keine.

Tatsächlich tauchte nach einiger Zeit einer der Männer mit einer Pistole älteren Kalibers auf. Sie hatten die Tatwaffe höchstwahrscheinlich gefunden.

Anschließend machten sie sich auf den Weg zurück ins Präsidium.

Die Waffe wurde samt Patronenhülse in die Forensik gebracht. Der Pathologe untersuchte die Blutproben. Am Nachmittag würden die Ergebnisse da sein.

Sabine Obermüller machte Mittagspause in der Kantine.

Dann probierte sie die Handynummern aus. Bei den meisten war die Mobilbox zu hören. Bei einer Nummer meldete sich eine Sandra Huber. Frau Obermüller fragte nach Alexander Berger. Die Frau stotterte aufgeregt, das sei ein Studienkollege. Auf die Frage, wieso sie sich nicht gemeldet habe, antwortete sie, sie habe noch keine Zeit gehabt. Frau Obermüller fragte nach der Adresse und machte für den nächsten Tag einen Termin aus.

Der Pathologe meldete sich und bestätigte die Blutprobe als das Blut des Opfers. Sie hatten den Tatort gefunden. Die Forensik identifizierte die Munition und die Waffe als Tatwaffe. Was war da auf der Kiesbank geschehen?

Sie hielten noch eine Besprechung ab, ordneten die Fakten und besprachen die Arbeit für den nächsten Tag.

Sabine Obermüller radelte nach Hause. Sie machte einen langen Spaziergang. Dann machte sie es sich zu Hause vor dem Ofen gemütlich, rauchte und las ein spannendes Buch.

***

Sandra Huber war sehr aufgeregt und rief ihre Freunde zusammen. Michael, Philipp, Ina und Paul, alle saßen in der Küche am Tisch und diskutierten die Lage. Sandra würde am nächsten Tag Besuch von der Polizei bekommen und hatte Angst. Sie war dafür, alles zu erzählen, doch die anderen redeten auf sie ein, zu schweigen und sich für Samstag gegenseitig ein Alibi zu geben. Die Polizei könne ihnen nichts beweisen. Sandra ließ sich überreden und ging in ihr Zimmer. Sie war schrecklich nervös und konnte lange nicht einschlafen. Die anderen saßen noch eine Weile zusammen, dann gingen Ina und Paul.

Alle waren sehr betroffen von Alexanders Tod. Es sollte doch nur ein Spiel sein. Andere Male war's auch immer gut ausgegangen.

***

Frau Obermüller hielt die Morgenbesprechung ab und verteilte die Aufgaben. Sie fuhr heute mit einem Kollegen in die Großstadt, um diese Sandra Huber und vielleicht noch andere Bekannte des Toten aufzusuchen. Sie nahmen auch das Gerät für Fingerabdrücke und DNA-Stäbchen mit, denn die Spurensicherung hatte die Gläser aus Alexander Bergers Wohnung mitgenommen, um DNA-Proben und Fingerabdrücke zu nehmen.

Sie fuhren zu Sandra Huber. Die öffnete sofort und bat sie herein. In der Wohnung lag ein Marihuanaduft, den sie aber ignorierten. Die junge Frau machte einen nervösen Eindruck. Sie fragten, wann sie Alexander das letzte Mal gesehen habe. „Das war letzten Freitag, wir waren im Club", war die etwas zu schnelle Antwort. Die Kommissarin fragte nach Zeugen und Sandra nannte vier Namen: Michael, Philipp, Ina und Paul. Frau Obermüller notierte Namen und Adressen. Michael und Philipp wohnten auch hier, waren jetzt aber an der Universität. Sabine Obermüller zeigte Fotos vom Laptop Bergers und Sandra Huber identifizierte die Personen. Die Kommissarin fragte, warum sich niemand auf den Aufruf der Öffentlichkeit gemeldet habe. Frau Huber sagte, sie schauten nie die Lokalsender und sie hatten auch keine Zeitung. Den Aufruf am schwarzen Brett in der Uni hatte sie nicht bemerkt.

„In welcher Beziehung standen Sie zum Opfer?" „Wir waren Studienkollegen und Freunde." „Haben Sie ihn nicht vermisst?" „Alexander war ein Einzelgänger und hat sich öfter für ein paar Tage nicht gemeldet." Sabine Obermüller nahm eine DNA-Probe mit dem Stäbchen, der Beamte nahm Sandra Hubers Fingerabdrücke. Frau Huber fragte, wozu das nötig wäre. „Wir haben Vergleichsspuren aus Herrn Bergers Wohnung. Das möchten wir abgleichen", antwortete die Kommissarin. Sandra Huber war sichtlich nervös deswegen.

Frau Obermüller fragte noch, wann die Mitbewohner Michael und Philipp anzutreffen wären. Frau Huber sagte, nach dem Mittagessen in der Kantine würden sie nach Hause kommen. Die Kommissarin verabschiedete sich und versprach, später wiederzukommen.

Frau Obermüller und ihr Kollege gingen zu Mittag essen. Sie riefen noch bei dieser Ina und diesem Paul an und machten für den Nachmittag einen Termin aus.

Als sie nach dem Mittagessen wieder zu Frau Huber gingen, waren die beiden Mitbewohner zu Hause. Die Kommissarin stellte dieselben Fragen wie zuvor bei Sandra Huber. Die Antworten waren exakt dieselben. Die hatten sich abgesprochen, da war nichts mehr in Erfahrung zu bringen. Die Beamten nahmen noch DNA-Proben und Fingerabdrücke und fuhren zur Wohnung von Ina und Paul.

Auch dort dasselbe Spiel, dieselben Antworten. Auch hier nahmen die Beamten Proben und verabschiedeten sich.

Sie fuhren zurück ins Präsidium und gaben die Proben ab. Anschließend arbeitete die Kommissarin nochmals die Telefondaten von Alexander Berger durch. Sie fand heraus, dass er am Samstag noch mit diesem Michael Telefonkontakt hatte. Das hatte der Mann nicht erwähnt, sondern wie die anderen gesagt, der letzte Kontakt wäre Freitag im Club gewesen. Diese Alibis würden sie am nächsten Tag im Club noch kontrollieren.

Irgendwie hatte Sabine Obermüller das Gefühl, dass die fünf Personen etwas verschwiegen und sich abgesprochen hatten. Die Aussagen waren einfach zu glatt und zu konform.

Sie würde die Ergebnisse der Vergleichsproben noch abwarten und alle nochmals zu einem Gespräch vorladen.

Für heute machte sie Schluss. Sie holte sich an der Wurstbude ein Abendessen und radelte nach Hause. Sie aß, duschte und kiffte einen. Dann räumte sie ein bisschen auf und heizte den Ofen ein. Schließlich machte sie es sich auf dem Sofa gemütlich.

***

Sandra Huber trommelte alle zusammen. Sie hatte fürchterliche Angst. Die Bullen hatten DNA-Proben und Fingerabdrücke genommen. Die Polizei war sicher bei der Untersuchung der Wohnung von Alexander auf die Reste des Festes am Samstagabend gestoßen. Sie alle hatten nur dieses Alibi im Club für den Freitag. Wie sollten sie das erklären? Und Michael hatte am Samstagnachmittag noch mit Alexander telefoniert, um die Fete am Abend zu organisieren. Das würde diese Frau Obermüller auch noch herausfinden. Was sollten sie jetzt tun?

Sandra war dafür, die Wahrheit zu sagen, doch die anderen redeten auf sie ein, zu schweigen und abzuwarten. Sie würden weiterhin behaupten, am Samstagabend bei Sandra, Michael und Philipp einen Spieleabend gemacht zu haben und sich so gegenseitig Alibis zu geben.

Sandra war nicht dafür, zu lügen. Sie meinte, das mache alles nur noch schlimmer. Schließlich willigte sie aber doch ein. Sandra war so unruhig. Sie hatte Schlafstörungen und Schwierigkeiten, sich aufs Studium zu konzentrieren.

***

Herr und Frau Berger bereiteten das Begräbnis von Alexander vor. Eine Frau vom Kriseninterventionsteam half ihnen dabei. Alexander war nicht gläubig gewesen, deshalb wollten sie ihn in aller Stille beerdigen und nur eine kleine Trauerfeier veranstalten. Der Leichnam war inzwischen freigegeben worden. Sie wollten das so schnell wie möglich hinter sich bringen.

Man wusste immer noch nicht, was passiert war, die Polizei war noch am Ermitteln. Es war alles ein großes Rätsel.

Frau Berger hoffte sehr auf Aufklärung. Sie nahm Beruhigungsmittel und konnte dennoch nur sehr schlecht schlafen. Sie träumte immer wieder von Alexander. Die Kommissarin hatte versprochen, sie über den Stand der Ermittlungen zu informieren. Bis jetzt waren sie nicht viel weiter gekommen.

***

Am Morgen im Präsidium erhielt Frau Obermüller die Ergebnisse der Vergleichsproben. Diese sechs Personen waren in Alexander Bergers Wohnung anwesend gewesen. Die fünf Personen hatten also Alexander zuletzt lebend gesehen. Das mussten sie jetzt erklären. Die Kommissarin würde jeden einzeln vorladen und befragen.

Sie hielten die Morgenbesprechung ab, ordneten die Fakten und verteilten die Aufgaben.

Sabine Obermüller telefonierte mit den Studenten und machte für den nächsten Tag Termine aus. Diese Sandra Huber schien sehr nervös, die würde sie am Schluss befragen. Die Kommissarin bereitete sich auf die Befragungen vor. Sie machte noch eine Abschlussbesprechung mit den Kollegen, dann fuhr sie noch zu Familie Berger.

Frau Berger war immer noch ganz fassungslos. Immer wieder fragte sie, was passiert sein könnte. Die Kommissarin erzählte von den befreundeten Studenten und fragte nochmals nach Feinden des Opfers. Das konnten sich beide Elternteile nicht vorstellen. Alexander sei sicher überall beliebt gewesen. Auch einen Selbstmord konnten sie sich nicht vorstellen. Alexander war zwar ein introvertierter Einzelgänger gewesen, aber keinesfalls depressiv. Er sei auch im Studium gut vorangekommen. Frau Obermüller verabschiedete sich mit dem Versprechen, die Bergers auf dem Laufenden zu halten.

Anschließend fuhr sie zurück ins Präsidium und radelte dann nach Hause.

Der Fall ging ihr nicht aus dem Kopf. Was war da geschehen? Sie war schon gespannt auf den nächsten Tag. Sie nahm ein heißes Bad und versuchte abzuschalten. Nachher kochte sie, aß und kiffte einen zum Nachtisch. Sie heizte den Ofen und machte es sich mit einem Buch auf dem Sofa gemütlich.

***

Sandra Huber hatte Angst. Man hatte sie alle für den nächsten Tag ins Präsidium bestellt. Alle einzeln zu verschiedenen Terminen. Sie war als letzte am späten Nachmittag dran.

Sie versuchte nochmals mit den anderen zu reden, sie zu überzeugen, ehrlich zu sein und alles zu erzählen. Leider ohne Erfolg, die anderen redeten auf sie ein, weiter zu lügen und auf keinen Fall etwas zu erzählen. Sie müsse sich zusammenreißen, befahlen sie ihr.

Sandra ging in ihr Zimmer und versuchte zu lernen. Sie konnte sich nicht konzentrieren, sah immer Alexander vor sich mit der Pistole an der Schläfe.

Sie hörte ein bisschen Musik und ging früh zu Bett. Sie konnte lange nicht einschlafen.

***

Sabine Obermüller war pünktlich zur Morgenbesprechung im Büro. Sie besprach ihre Befragungsstrategie mit den Kollegen. Sie wollte die Gespräche gemeinsam mit einem Beamten durchführen und sich zwischendurch mit ihren Kollegen besprechen.

Pünktlich um 9.00 Uhr kam Michael Müller. Sie setzten sich ins Verhörzimmer und fingen mit der Befragung an. Frau Obermüller wollte nochmals wissen, wann er zuletzt Kontakt mit Alexander Berger gehabt hatte. „Wir waren am Freitag im Club", antwortete Herr Müller. Daraufhin konfrontierte ihn die Kommissarin mit den Telefondaten, die bewiesen, dass Michael Müller noch am Samstag mit Herrn Berger telefoniert hatte. „Ja, das stimmt, das hatte ich vergessen", log Herr Müller. „Wir haben ihre DNA und ihre Fingerabdrücke in der Wohnung von Alexander Berger gefunden. Es sah nach einem Festgelage aus. Ich frage nochmals: Wann haben Sie Herrn Berger zuletzt gesehen?" „Gut, wir waren am Samstag noch bei ihm und sind dann nach Hause gegangen", presste Michael Müller heraus.

Frau Obermüller zeigte ihm die Tatwaffe. Er erschrak zusehends. „Kennen Sie diese Waffe?", war die Frage. „Ja, die hat Alexander gehört. Er hat sie vom Großvater geerbt und immer damit geprahlt", antwortete Herr Müller. „Das ist die Tatwaffe, wir haben sie aus dem Fluss gefischt. Wir haben auch den Tatort gefunden. Was ist da passiert?", wollte die Kommissarin wissen. „Da weiß ich nichts darüber", beharrte Herr Müller. Es war nichts mehr von ihm zu erfahren. Er verweigerte weitere Aussagen. Frau Obermüller glaubte ihm nicht, musste ihn aber gehen lassen. Sie bat ihn, sich zur Verfügung zu halten, und verabschiedete ihn.

Die Kommissarin machte eine kurze Kaffeepause und besprach sich mit dem Beamten. Beide hatten das Gefühl, dass Michael Müller log.

Anschließend war Philipp Steurer vorgeladen. Die Antworten waren dieselben. Er beharrte darauf, Alexander am Freitag im Club zuletzt gesehen zu haben. Die DNA-Spuren und die Fingerabdrücke stammten noch vom Freitag, behauptete er. Alles andere ließ er unkommentiert. Auch er schien beim Anblick der Waffe zu erschrecken, aber er schwieg auch dazu. Von ihm war gar nichts zu erfahren. Immerhin hatten sie jetzt zwei unterschiedliche Aussagen zum Zeitpunkt des Kontaktes mit Alexander Berger. Die Freunde verheimlichten irgendwas. Was war da geschehen?

Die Kommissarin verabschiedete Herrn Steurer und machte Mittagspause in der Kantine.

Um 14.00 Uhr kam Paul Fellner. Das Gespräch verlief ähnlich wie bei Philipp Steurer. Jedoch Herr Fellner gab zu, am Samstag noch bei Alexander Berger gewesen zu sein. Über die Tatwaffe erschrak auch er, erzählte dasselbe wie Michael Müller dazu. Den Tatort ließ auch er unkommentiert. Zu weiteren Fragen äußerte er sich nicht mehr. Frau Obermüller verabschiedete ihn und machte eine Kaffeepause. Sie waren sich einig, dass alle etwas verschwiegen. Wie konnten sie sie dazu bringen, die Wahrheit zu sagen?

Als nächstes kam Ina Schedler. Sie war noch verschlossener als die Männer, beharrte darauf, Alexander im Club am Freitag zuletzt gesehen zu haben. Sie behauptete die DNA-Spuren und die Fingerabdrücke und das Festgelage stammten vom Freitagabend. Sie leugnete auch, die Waffe zu kennen, und machte bis auf weiteres keine Aussage mehr. Es blieb der Kommissarin keine Wahl, sie musste sie gehen lassen.

Den Abschluss bildete Sandra Huber. Sie machte von Beginn an einen nervösen Eindruck. Auch sie gab zu, Alexander noch am Samstagabend gesehen zu haben und bei der Feier mit dabei gewesen zu sein. Sie bestätigte auch die Aussage über die Tatwaffe. Alexander habe damit geprahlt. „Was war nach der Feier?", fragte Sabine Obermüller. „Wir sind nach Hause gegangen", beteuerte Frau Huber. Dann schwieg auch sie, war aber immer wieder den Tränen nahe und bis zum Schluss nervös. „Halten Sie sich zu unserer Verfügung", verabschiedete Frau Obermüller sie.

Die Kommissarin fühlte sich ausgelaugt. Wie konnten sie die fünf zu einer Aussage bewegen? Sie würde sie jedenfalls nochmals vorladen oder aufsuchen. Sie verschwiegen etwas, so viel war sicher.

Sabine Obermüller besprach sich noch kurz mit den Kollegen, dann machte sie Feierabend. Sie radelte nach Hause, duschte, zog sich um, kiffte und trank Tee. Sie bestellte eine Pizza. Sie war müde von den vielen Gesprächen und ging früh zu Bett.

***

Sie waren bei Ina und Paul und sie stritten sich, weil sie unterschiedliche Aussagen gemacht hatten. Sandra behauptete, das werde nur noch schlimmer und beharrte darauf, die Wahrheit zu sagen. Die anderen wollten nicht, man könne ihnen nichts beweisen. Die Polizei kenne zwar den Tatort und habe auch die Tatwaffe, dennoch wollten sie schweigen. Sie redeten auf Sandra ein. Diese verließ wütend die Wohnung und ging nach Hause. Sie war nervlich so am Ende und wusste nicht, wie lange sie das noch aushalten konnte. Am liebsten würde sie dieser Kommissarin sofort alles erzählen. Sie verstand ihre Freunde nicht.

***

Frau Obermüller radelte ins Präsidium zur Morgenbesprechung. Sie beriet sich mit ihren Kollegen, was sie tun sollten in diesem Fall. Sie wollte nochmals mit den Freunden des Toten reden, besonders mit dieser Sandra Huber, die schien nervlich ziemlich am Ende zu sein.

Die Kommissarin rief dort an und kündigte ihren Besuch an. Sie würde mit einem Beamten dorthin fahren.

Sandra Huber öffnete sichtlich nervös und führte sie in die Küche. Michael Müller und Philipp Steurer waren auch anwesend.

Frau Obermüller stellte nochmals die Tatsache dar, dass alle fünf Personen an jenem Samstagabend bei Alexander Berger anwesend waren. Und dass einige von ihnen dazu Falschaussagen gemacht hatten. „Was ist an diesem Abend passiert? Der Tatort ist uns auch bekannt. Was war auf dieser Kiesbank?", fragte die Kommissarin bestimmt. Michael und Philipp schwiegen beharrlich,

Sandra Huber schluchzte auf und stürzte aus dem Raum. Sabine Obermüller folgte ihr und klopfte an die Zimmertür. Sandra ließ sie herein. „Es ist alles so schrecklich", stammelte sie unter Tränen.

Die Kommissarin redete beruhigend auf sie ein und schlug vor, zurück in die Küche zu kommen und alles zu erzählen. Frau Huber ließ sich überreden und erzählte, wie sie gefeiert hatten, wie ihnen langweilig wurde, wie Alexander vorschlug, das Spiel zu spielen. „Es war doch alles nur ein Spiel", schluchzte sie auf. Sie beschrieb, wie sie zum Fluss fuhren, wie sie zur Kiesbank runterkletterten, wie Alexander den Revolver hervorholte, wie Philipp anfing. Jetzt erzählte Philipp weiter, weil Sandra Huber von einem Weinkrampf geschüttelt wurde. Er habe die Trommel gedreht und die Pistole angesetzt. Sie spielten Russisches Roulette. Er beschrieb, wie es geklickt hatte und was für einen Adrenalinkick er hatte. Dann habe er Alexander die Waffe gegeben und er habe abgedrückt und sich in den Kopf geschossen.

Michael erzählte, wie geschockt sie alle waren, wie sie nicht wussten, was sie tun sollten. Paul habe dann die Idee mit dem Fluss gehabt. Philipp beschrieb, wie sie die Pistole ins Wasser schmissen und wie sie Alexanders Leiche, er war sofort tot gewesen, zum Fluss trugen und ihn hineinwarfen. Anschließend löschten sie das Feuer und fuhren in die WG, wo sie beschlossen zu schweigen und abzuwarten. Frau Huber erwähnte noch, dass sie gleich zur Polizei wollte und alles erzählen wollte. Die anderen hatten sie überredet, es nicht zu tun.

„Das wäre das Klügste gewesen", merkte Frau Obermüller an. So hatten sie zum Teil Falschaussagen gemacht und sich in ihren Lügen verstrickt. Sie würden alle ins

Kommissariat kommen müssen und ihre Aussagen machen. „Was passiert jetzt mit uns?", wollte Frau Huber wissen. „Sie werden alle auf freiem Fuß angezeigt. Alles Weitere hat das Gericht zu entscheiden", erklärte Frau Obermüller. „Halten sie sich zu unserer Verfügung, sie hören von uns", verabschiedete sich die Kommissarin und verließ mit dem Beamten die Wohnung.

Betroffen und schockiert fuhren sie zurück ins Präsidium. Sie trommelten die Kollegen zusammen und erklärten ihnen die Sachlage.

Anschließend fuhr Sabine Obermüller zu Herrn und Frau Berger, um sie über das Geschehene zu informieren. Sie waren beide schockiert und sehr betroffen.

Am späteren Nachmittag gab Frau Obermüller noch eine Pressekonferenz, dann war der Fall für sie abgeschlossen. Blieb nur noch, die Aussagen der fünf Personen zu Protokoll zu nehmen, alles Weitere war Sache des Gerichts.

Sabine Obermüller radelte zum Wanderparkplatz und lief eine große Runde durch den Wald, um das Gehirn auszulüften. Es wurde schon dunkel, als sie nach Hause radelte.

Zuhause kochte sie Tee, aß einen Hanfkeks und kiffte einen. Dieser Fall machte sie sehr betroffen und sie hatte Mühe abzuschalten. Sie duschte, zog sich um und kochte etwas Feines. Dann heizte sie den Ofen ein, schaute in die Flammen, rauchte und hörte Musik. Sie war froh, dass der Fall nun abgeschlossen war.

Die Autorin

Sylvie Zander schreibt unter einem Pseudonym. Sie wurde 1966 in Vorarlberg geboren, wo sie heute noch lebt. Nach einem Burnout ist sie in Frühpension und schreibt Kurzkrimis und Kurzgeschichten.

Zeitfracht Medien GmbH
Ferdinand-Jühlke-Straße 7
99095 Erfurt, Deutschland
produktsicherheit@kolibri360.de